문학과의식

Literature & Consciousness Since 1988

2021
산문선

손자와 첫날밤을

구자권 수상집

저자가 드리는 글

하늘하늘한 해당화가
매혹적인 향기를 뿜내는 계절이지만
사람들은 그 향기조차
무심이 스치고 지나갈 뿐입니다.

척박한 땅에 뿌리내리고
수려하지도 못한 나무 탓에
가까이하려 하지 않아요.

저 같은 농부는
누구의 관심을 못 받아도
해당화처럼 있는 그대로에
부끄러워하지 않습니다.
욕심을 내지도 않습니다.

이처럼 다듬지 못한 글을 책으로 엮으면서도
오직 감사한 마음뿐인 것은
어쩔 수 없는 농부이기 때문일 것입니다.

2021년 초여름
草奉堂에서

추천의 글

　스마트폰 시대의 문화현상과 함께 활자책의 여러 장르도 짧은 글들이 새롭게 변경을 개척하여 일상에 바쁜 독자들의 가독성을 높이고 있다. 수필 분야에서도 지금은 예전의 유장한 형식 대신에 '초간편 수필'이 주목을 끌고 있다.

　구자권 수필가의 글 역시 군더더기가 없이 짧으면서도 깊은 사유가 다양한 주제에 걸쳐 넘나들고 있다.

　특히 현실감 있는 우한 폐렴 곧 코로나에 관한 분석 관찰을 위주로 하여 마스크의 역사까지 들추는가 하면 인공지능과 아카데미상까지도 해박하고 재미있게 논하는 현실감이 흥미를 끈다.

경계를 허무는 오늘날 글쓰기에 맞추어 자작 시와 동서양의 시들도 시의 적절히 버무려서 정곡을 찌른다.

목차에서 보듯이 세상의 수많은 대상과 관념을 이토록 짧고 간편한 형식 속에 녹여낸 새로운 스타일의 구자권 수상집은 한번 든 책을 놓지 못하게 할 것이다.

안혜숙

소설가 / 문학과의식 발행인

차례

3부 끝이 좋으면 다 좋다

4부 우린 행복한 거야!

일러두기

1. 책에 쓰인 인명, 지명 등은 외래어표기법에 따랐으며 일부는 저자의 의도를 반영해 예외로 두었다.
2. 책에 인용 된 도서, 영화, 음악 등의 제목은 〈 〉, 고서 등은 『 』로 표기하였다.

1부
온유한 세상을 꿈꾸며

온유한 세상을 꿈꾸며

아침 눈을 창밖으로 옮겼더니 짙은 안개가 산허리를 휘감고 있네요. 저 안개가 머무는 자리마다 단풍이 곱게 익어갈 것 같습니다. 그러나 우리 사회는 어지럽기 짝이 없습니다. 일부 지도층의 연이은 추문이 속을 뒤집기도 하고, 돼지 열병으로 매몰당한 가축들의 비명이 우리들의 마음을 먹먹하게 합니다.

세상이 왜 이렇게 변하는 걸까요. 인구가 과밀해지면서 생존경쟁이 치열해지고, 그러다 보니 사람에 대한 배려도 없고, 자연에 대한 배려도 없기 때문이겠지요. 한마디로 나만 앞서고 나만 잘살면 그만이라는 이기주의가 사회를 황폐시키고 자연을 병들게 하는 것입니다. 그러나 돈과 권력을 아무리 움켜쥐어도 세상을 가질 수도 없고 내 마음대로 움직일 수도 없습니다. 하물며 영악해질 까닭이 무엇입니까.

사람이 만물의 영장이라고 하는 것은 돈보다 염치를 중히 여기기 때문입니다. 권력보다 명예를 중히 여기기 때문입니다. 하여 퇴계(退溪) 이황(李滉)선생은 풍기군수로 재임하던 시절에도 양식이 떨어져 옷을 저당 잡힐 만큼 궁색했는데 부끄러워하기보다는 오히려 자랑으로 여겼답니다. 그리고 선생이 풍기군수를 스스로 사직하고 낙향할 때의 행장에는 책 몇 짐 말고는 다른 물건이 없었고, 고향에 도착하자 책을 담아온 나무상자마저 관아의 재산이라며 풍기현으로 다시 돌려보냈다고 합니다.

　퇴계선생의 명예가 천추에 드높고 민족의 스승으로 우러름을 받고 있는 까닭도 이처럼 청렴하고 겸손하고 온유한 때문입니다. 과연 무엇이 잘사는 것인지 지도층부터 스스로 통찰할 때에야 비로소 정의롭고 평등한 세상이 열릴 것인데 이와는 반대로 가는 것 같아 안타까울 뿐입니다.

이 가을에는 성찰하게 하소서

"돈, 건강, 자유, 삶은 잃어버릴 수 있다. 그러나 진정으로 획득하고 소유한 정신은 우리가 살아있는 한 절대 잃어버리지 않는다."

헤르만 헤세의 말입니다.

청량한 하늘이 가을의 시작임을 알려주고 있습니다. 농촌에서는 벼와 들깨를 베기 시작했고, 고구마 캐기와 밤 털기 등 한 해 동안 쏟아부은 땀과 정성을 거둬들이느라 분주합니다. 농부는 수확을 위해 낫을 들 때마다 자신의 부족함을 탓하고 땀과 정성이 모자랐음을 자탄합니다. 하지만 헛된 욕심을 내거나 수확이 많은 이웃을 시샘하지 않습니다. 그것이 농부들의 마음인 농심(農心)이고, 농부들의 삶의 정신일 것입니다. 욕심을 내보아야 그림의 떡이란 것을 땅으로부터 늘 배우기에 겸손할 수 있는 것이겠지요.

'사람의 욕심이란 채우면 채울수록 밑바닥이 없는 것이다. 그것은 사람의 강렬한 본능이기 때문이다. 이 야수 같은 본능은 사람의 마음 한 귀퉁이에 수천 수 만년 동안 깊고 강하게 뿌리 박혀 내려왔다. 그러나 사람은 도덕이란 옷과 예절이라는 굴레를 쓰기 때문에 어느 정도까지 야수성을 보이다가도 반성하는 순간에 이르러서는 소스라쳐 돌아설 수 있다.'

박종화의 소설 〈금삼의 피〉에 나오는 이야기입니다만 사색의 계절인 이 가을에는 우리 모두 스스로를 성찰하면서 욕심의 유혹으로부터 '소스라쳐 돌아서는' 모습이길 기대합니다.

화장火葬문화 유감

    티베트불교의 전설적 인물인 파드마 삼바바가 남겼다고 전해지는 경구 가운데 이런 말이 있습니다.

> "지금 살고 있는 이생은 구름처럼 지나간다. 친척과 친구들은
> 시장에서 잠깐 스치는 사람과 같다. 저승사자는 황혼의 그림
> 자처럼 지금 다가오고 있다."

    우리가 이 세상을 살다가는 것이 마치 구름이 지나듯 잠깐 머물다 흔적도 없이 사라지는 것이기에 무엇에도 미련을 두지 말라는 이야기겠지요. 다소 허망하다는 생각도 듭니다만, 나이 칠십을 넘어서면서부터 이 친구 저 친구 소중했던 인연들이 세상을 뜨는 경우가 잦아지고 있습니다.

    얼마 전에도 지인이 떠났습니다. 같은 성당에 다니던 분이라 장례절차를 끝까지 지켜보았습니다. 상주 셋이 의논

해서 아버지의 시신을 화장한 뒤 산골이나 납골묘에 모시지 않고 여러 사람들이 분골을 모아두는 곳에 두고 간다니, 보는 사람으로서 허허로운 마음이 들었습니다. 갈수록 화장 문화를 선호하는 세태라서 천주교회에서도 화장을 허용하기는 했지만 산골은 금하고 있습니다. 사람의 유골을 가루 내어 아무데나 흩뿌려버리는 행위는 인륜적으로도 권장할 일이 아니고 가톨릭은 부활 신앙이기 때문입니다.

　하지만 고인의 자식들이 자기 아버지의 유골을 뿌려버리기로 결정했으니 별 수 없지요. 참으로 허망한 마지막을 지켜보다가 화장을 하더라도 납골당에 안치하거나 아니면 수목장 같은 흔적이라도 남겨놓고, 가끔씩 후손들이 모여 도란거리는 장으로 삼았으면 좋겠다는 생각을 해보았습니다.

단군신화

　개천절 아침입니다. 우리 고장 마니산 참성단에서는 해마다 개천대제(開天大祭)가 봉행되는데 이를 반대하는 목소리가 높아지고 있어 한 말씀 드리고자 합니다. 우선 개천대제를 반대하는 세력들의 주장은 단군은 실제 인물이 아닌 가상 인물이고, 그러한 인물을 섬기는 행위는 우상숭배에 지나지 않는다는 것이지요. 그러나 그러한 논리는 우리나라를 36년간 지배했던 일본 제국주의자들이 우리 민족의 정통성과 민족정신을 말살하기 위한 수단으로 삼았던 억지주장이 아니던가요?

　설령 단군에 얽힌 이야기가 픽션(fiction)이라 해도 역사가 유구한 나라는 모두 저마다의 건국신화가 있습니다. 예를 들어 중국의 건국신화인 반고(盤古)설화도 알에서 태어난 반고가 해와 달과 자연을 창조하고 중국이라는 나라를 세웠다는 내용입니다. 그도 모자라서 '삼황오제三皇五

帝' 설화를 더하고 있고, 일본은 이자나미와 이자나기라는 두 명의 신이 바다를 휘저어 일본열도를 만들고 수많은 섬과 신인(神人)을 만들었다는 건국신화가 있습니다. 또한 '아이네아스(aeneas)'를 건국 신으로 묘사한 로마를 비롯해서 유럽의 각 나라마다 건국신화 한 토막은 다 갖추고 있지 않습니까. 또한 그 신화의 주인공을 기리는 축제를 이어가면서 나라의 자긍심과 민족의 우월성을 과시하는 수단으로 삼고 있지만 누구도 우상숭배라는 트집을 하지 않습니다.

우리도 다른 나라 다른 민족처럼 건국신화를 수용하고 '널리 인간을 이롭게 하고(弘益人間) 이치로서 세상을 다스린다(理化世界)'라는 단군의 건국이념을 받들 때 비로소 세계제일의 문화민족으로 발돋움할 수 있을 것이라 생각합니다.

자연재해

자연에 의한 재해가 점점 다양화되고 또한 빈번해지고 있습니다. 그 가운데 피해가 가장 큰 태풍에 대해 알아보았더니 지구촌에서 처음으로 이름을 붙여준 것이 '타이푼'으로 1,500년경 프랑스에 상륙한 태풍이었다고 합니다. 동양에서는 1,650년경 비바람의 피해를 크게 입은 중국에서 처음으로 태풍이라는 용어를 사용했는데 이름을 붙이지는 않았던 모양입니다.

우리나라에서 기상관측을 시작한 이후 가장 피해가 컸던 태풍이 1959년에 발생한 사라호인데 850여 명이 사망하고 40여만 명의 이재민이 발생하는 엄청난 재앙을 겪었습니다. 그 이후 지난해까지 60년 동안 한반도를 휩쓴 태풍이 230여 개 정도라고 하니까 한 해에 네 번 꼴로 피해를 보고 있는 셈이지요.

자연의 조화는 변화무쌍하고 그 위력 또한 예측할 수 없으니 언제나 유비무환의 자세로 사는 게 최고입니다. 옛날에 천재지변이 발생하면 임금이 부덕한 탓으로 여기고 스스로 근신하는 모습을 보였다는데 지금의 지도자는 어떠한 지 궁금하네요. 자연재해가 발생할 때마다 기후변화 탓만 하며 사후약방문 격으로 보상을 해 줍네, 복구를 해 줍네 허둥대지 말고 지구온난화에 미리 대처할 수 있는 완벽한 대비책을 마련해야 하지 않겠습니까.

강화도 호박고구마

우리나라에 고구마가 처음으로 들어온 것이 조선 영조 때인 1763년이라고 합니다. 조선통신사로 일본에 갔던 조엄 (趙曮) 선생이 대마도에 들렀다가 도주로부터 "우리 섬에는 먹을 수 있는 풀뿌리가 있는데 생김새가 마치 무나 토란과 같다. 삶아서도 먹고, 구워서도 먹고, 생으로도 먹을 수 있다. 떡과 밥에 섞어도 되고, 안 되는 것이 없으니 가히 흉년을 지낼 수 있다."라는 말을 듣고 종자 두어 말을 얻어와 부산 동래지역에 파종했던 것이 최초입니다.

그 후 전국으로 퍼졌는데 이 고구마가 없었다면 흉년이 들 때마다 대책 없이 죽을 수밖에 없었던 조선백성 절반이 아사를 면치 못했을 것이라고 합니다. 양식이 턱없이 모자라 굶기를 밥 먹듯이 했던 궁핍시대를 견디게 해준 최고의 구황식이었던 셈이지요. 그래서 조엄선생의 고향인 강원도에서는 선생의 은혜를 잊지 않기 위해 지금도 고구마를

'조엄고구마'라고 부르는데 밤고구마가 주종을 이룹니다. 맛을 보았더니 단맛도 별로이고 수분도 적어 푸석푸석한 것이 우리 강화지역의 호박고구마보다 식감이 떨어졌습니다. 고구마의 본향임을 자랑하는 강원도 고구마보다 우리 강화도 고구마가 월등한 것은 미네랄성분이 가득한 강화도의 해풍과 땅기운 덕이 아닌가 싶습니다.

우리는 왜 노벨상과 인연이 없을까

　해마다 연말이 다가오면 세계의 이목은 스웨덴 스톡홀름에 있는 노벨재단으로 집중됩니다. 그곳에서 6개 분야의 노벨상 수상자가 발표되기 때문이지요. 다이너마이트를 발명하여 거부가 된 스웨덴의 과학자 알프레드 노벨이 자신의 발명품으로 인해 희생당한 인명과 자연파괴를 괴로워하다가 유산을 털어 노벨재단을 만들게 하고 인류복지에 기여한 사람들을 선정하여 주는 노벨상은 세계에서 가장 큰 명예와 권위를 인정받는 상입니다.

　1901년에 처음 수상자를 냈으니 120년 정도의 오랜 연륜이 쌓였지만, 우리 한국인과는 별로 인연이 없습니다. 고 김대중 대통령이 남북정상회담을 성사시킨 공로로 평화상을 수상한 것이 유일하지만 그마저 남북평화정책이 물거품이 되면서 수상의 의미마저 빛이 바랜 상태입니다.

　이에 비해 우리와 국력을 경쟁하고 있는 일본은 이미

1949년 유카와 히데키가 물리학상을 받은 이후 20명이 훌쩍 넘는 수상자를 배출했습니다. 그래서 노벨상은 수상한 나라에 우선권이 있다는 말이 정설처럼 떠돌기도 합니다. 하여 우리도 누군가는 노벨재단의 굳게 닫힌 문을 열어 제켜주기를 간절히 소망해왔고 또 그런 기회가 있기도 했습니다.

  1990년대 중반, 미당 서정주 시인이 3년 연속 문학상의 유력한 수상후보자에 올랐으니까요. 그러나 하필이면 그 무렵 미당이 친일프레임에 얽혀, 민족주의자를 자처하는 세력이 친일을 한 사람에게 노벨상을 주어서는 안 된다며 반대투쟁을 하는 바람에 한국인 최초의 노벨문학상 수상이 무산되고 말았습니다.

늙어간다는 것

  봄 주꾸미, 가을 낙지라는 말이 있지요. 주꾸미는 알을 잔뜩 품는 봄이 제철이고, 낙지는 겨울잠을 앞두고 잔뜩 배를 불려 살이 통통하게 오른 가을이 제철이라는 이야기더군요. 이 사람 또한 겨울을 앞두고 기력을 보충해 놓으려면 쓰러진 소도 벌떡 일으켜 세운다는 낙지가 간절합니다. 하지만 같이 늙어가는 아내가 손사래를 쳐대니 혼자서 먹을 수가 있나요. 그런데 낙지란 놈도 늙으면 기력이 쇠해서 동작도 느려지고 펄 속으로 깊숙이 파고들지도 못 한답니다. 그래서 잡기도 쉬운데 무슨 일을 힘도 들이지 않고 가볍게 해치우면 '묵은 낙지 캐듯 한다'는 비유법을 쓰기도 하는 모양입니다.

  사람이나 미물이나 늙는 것처럼 야속한 일은 없을 겁니다. 기운도 줄어들고, 의욕도 줄어들고, 생각도 줄어들고, 화냄도 줄어들고, 기쁨도 줄어들고, 입맛도 줄어들고, 몸

집도 줄어들고 모두가 줄어들기만 하지요. 이러한 노쇠현상을 두고 '세상을 가볍게 떠나기 위한 준비단계'라고도 하더군요. 그러나 그 내려놓음이 서글펐던지 어느 노래가사에 '늙어가는 것이 아니라 조금씩 익어가는 것'이라며 늙음을 위로해주기도 합니다. 허나 익으면 곧 떨어지고 마는 것 또한 불변의 진리인 바에야 익어서 떨어지는 것은 충실한 씨앗을 남기기 위함이라고 생각하세요. 마냥 서글프지는 않을 겁니다.

전통문화 실종시대

'가을비는 장인의 나루 밑에서도 피한다.'는 속담이 있지요. 가을에는 비가 내려도 잠깐 동안이기 때문에 장인의 턱수염 밑에서도 피할 수 있다는 뜻이라고 들었습니다. 하지만 기온이 내려가 차가운 이슬이 맺힌다는 한로가 오늘인데 왼 종일 빗방울이 추적대네요.

바야흐로 국화의 계절입니다. 울안이건 울 밖이건 국화가 꽃망울을 터뜨리기 시작했습니다. 옛날에는 한로 세시 풍속으로 국화전을 지지고 들국화를 따다가 술을 담았답니다. 또한 지인들끼리 모여 들이나 냇가로 나가 놀이를 즐기며 하루를 보냈는데, 이때는 모두 산수유 열매를 가지째 잘라 머리에 꽂는 풍습이 있었는데, 수유열매가 붉은 자줏빛이어서 액운을 아내는 벽사력(辟邪力)이 있다고 믿었던 모양입니다. 그래서 당나라시대의 두보(杜甫)도 한로를 맞아 벗들과 모임을 즐기며 한 수 읊기를 '明年此會知

誰健 내년 다시 모인다면 누가 건재하다 할 것인가 / 醉把 茱萸仔細看 얼큰히 취한 손에 수유를 들고 자세히 들여 다보네.'라고 웅얼거렸겠지요.

  그러나 지금은 절기를 아는 사람도 드물고 더욱이 세시풍 속을 즐기는 경우는 눈을 씻고도 찾아볼 수가 없습니다. 전통문화는 거의 실종된 것이지요. 재미도 없고 무료하기도 해서 들국화나 따다 전이나 부칠 생각으로 들에 나갔더니 쑥부쟁이 구절초 개미 취 같은 가을꽃들이 수북합니다. 이것들의 생김새도 비슷한데 꽃잎이 희거나 붉은 것은 구절초이고 보라색은 쑥부쟁이입니다. 모두가 건강을 도와주는 약초이지만 특히 구절초는 부인과질환을 다독여주기에 선모초(仙母草)라고 부르기도 한답니다.

가을음식

지금은 잘 쓰이지 않는 단어지만 '하루상간'이라는 말 들어보셨지요? 한로가 하루 지났을 뿐인데 그야말로 하루상간에 체감하는 기온이 뚝 떨어졌네요. 이렇듯 날씨도 쌀쌀해지고 햇빛도 제법 짧아졌으니 농촌에서는 가을걷이와 겨울준비로 종종걸음을 쳐야 할 때입니다.

천고마비의 시월은 식욕의 계절이기도 하지요. 제철음식으로는 추어탕이 제격인데 이맘때의 미꾸라지는 배가 누렇도록 기름이 오르고 살이 통통해서 영양 면에서 최고의 보양식이라고 합니다. 영남 내륙지방에서는 도랑에서 잡은 미꾸라지 탕이라 하여 도랑탕이라고도 한다는군요. 하지만 추어탕과 도랑탕은 조리방법자체가 확연히 다릅니다.

추어탕은 삶은 미꾸라지를 곱게 갈아 뼈를 추려낸 뒤 채소를 넣고 끓여내는 것이고, 도랑탕은 살아있는 미꾸라지를 통째로 냄비에 넣고 은근한 불로 열을 가하다가 김이 오르기 시작하면 모두부를 넣지요. 순간 점점 뜨거워지는 냄비 속에서 꿈틀대던 미꾸라지들이 차가운 두부 속으로 파고 들 밖에요. 이렇게 해서 두부와 함께 익은 것을 잘라서 양념장에 찍어먹는 것을 도랑탕이라 하거든요.

어찌되었든 미꾸라지는 풍부한 단백질로 하여 최고의 보양식 대접을 받는 것이고, 칼슘 함량도 높아서 뼈를 튼튼하게 해준다고 합니다. 또한 추어탕이든 도랑탕이든 일주일만 먹으면 감퇴된 정력도 되살린다고 하니, 많이 드시는 것이 가장 착실한 월동준비일 것 같습니다.

편히 주무셨습니까

지능이 모자라는 아들에게 아버지가 이렇게 호통을 쳤습니다.

"이놈아, 서른 살이 넘도록 애비가 잘 잤는지 못 잤는지 물어보지도 않는 놈을 누가 자식이라고 하겠느냐. 앞으로도 그러면 밥도 주지 않을 테니 그렇게 알거라."

밥을 굶긴다는 말에 겁을 먹은 아들이 다음날부터는 아침이든 저녁이든 아버지와 부딪히는 대로 "편히 주무셨습니까?"를 외쳐댔겠지요. 그러다가 얼마 뒤 아버지가 숨을 거뒀는데도 아들은 아버지의 시신 앞에 앉아 연신 "편히 주무셨습니까?"만 외쳐대는 것이었습니다.

이를 딱하게 지켜보던 어느 문상객이 "이 사람아. 자네 부친은 잠에서 깨어나지도 않았잖아!"라고 꾸짖자 아들이 이렇게 중얼거렸다네요.

"그래서 아버지가 밥을 줄 생각을 하지 않는구나."

웃자고 지어낸 유머입니다만 늙은 아버지는 편한 잠자리를 중히 여기고, 모자란 아들은 먹는 것이 최고임을 알 수 있네요.

당신은 편히 주무셨는지요? 잠자리가 늘 편하신지요? 나이가 들수록 잠을 잘 자야한다고 합니다. 노년에는 잠이 건강과 행복의 척도가 되기 때문이지요. 사람마다 차이는 있지만 보통 7-8시간을 푹 자는 것이 정상이라고 합니다. 문제는 푹 잘 수 있느냐 하는 것인데 그런 복을 누리는 경우가 흔치 않은 것 같습니다. 누구는 허리나 무릎 같은 삭신이 쑤시고 아파서 뒤척이고, 누구는 말라가는 뼈마디가 덜그럭거리는 통에 뒤척이고, 누구는 자식걱정으로 또 누구는 잦은 배뇨현상으로 잠을 설치는 노년이 부지기라고 하네요.

의학이 아무리 발달했어도 노쇠에 의한 병은 어쩌지를 못하니 나이 들면 본인 스스로 건강을 관리하는 수밖에 없을 것 같습니다. 머리가 베게에 닿기 무섭게 잠이 드는 저도 달포에 한두 번은 잠에서 깰 때가 있습니다. 멀쩡한 종아리에 통증을 느끼기 때문인데 잘 주물러주면 곧 괜찮아지곤 합니다. 진찰을 받으러갔더니 나이 들면 가끔 그런 경우가 있다며 잠이 잘 오지 않을 때에도 종아리를 주물러주면 효과가 있다더군요. 또한 긍정적인 마음가짐도 편한 잠을 버는 방법이라고 합니다.

　노년이든 청년이든 잠을 잘 자는 것이 최고의 건강비결인 만큼 잠을 편히 잘 수 있는 방법들을 열심히 터득하고 열심히 실천하는 것이 지혜로운 삶이겠지요.

날씨가 좋을 때 돛을 고쳐라

밭고랑에 피어있는

한 떨기 들국화여

네 빛깔과 향기는

작년 것 그대론데

어찌하여

낫을 든 내 허리는

어제 모습도 잃었는가.

  지난해까지만 해도 별 문제가 없다고 여겨온 허리가 금년 들어서는 짧은 노동에도 뻐근함을 느끼곤 합니다. 비스듬하게 굽은 것도 같고요.

  '날씨가 좋을 때 돛을 고쳐라.'는 영국 속담처럼 진즉부터 여유를 갖고 미리미리 육신을 다독였더라면 이런 고장은 나지 않았을 텐데 하며 후회도 해보지만 이미 때는 늦었지요.

 이솝우화에 이러한 경우를 경계하는 이야기가 있어 옮기면 이렇습니다.

> 어느 봄날, 모처럼 굴에서 나와 산책을 즐기던 여우가 커다란 바위에다 정신없이 이빨을 갈고 있는 멧돼지를 보고는 그 까닭을 물었다.
> "이렇게 즐거운 봄날, 무엇 때문에 하릴없이 이빨만 갈고 있느냐? 그러니까 미련하다는 소릴 듣지."
> 그러나 멧돼지는 들은 체도 하지 않고 계속해서 이빨만 갈아 댔다. 멧돼지의 이빨은 어느새 번쩍번쩍 빛이 나고 날카롭기 그지없었다.
> 그런 멧돼지의 모습에 심사가 꼬인 여우가 다시 까닭을 묻자 멧돼지가 마지못한 듯 이렇게 대답했다.
> "나는 지금 쓸데없는 짓을 하고 있는 것이 아니야. 내가 만약 사냥꾼에게 쫓기거나 사자와 맞서게 되었을 때 그때서야 이빨을 갈 수는 없지 않겠니?"

 그렇습니다. 우리 앞에 무슨 일이 일어날지 아무도 모릅니다. 내일 당장 위급에 처할 수도 있습니다. 하지만 위기와 맞닥뜨려서야 허둥대면 때를 놓칩니다.

　건강도 건강할 때 챙기라는 말도 있듯이 여유가 있을 때 미리미리 예방하고 준비한다면 후회되는 일이 없겠지요.

밀가루에 대한 추억

까마득한 날의 이야기입니다만 제가 코흘리개이던 1950~60년대에는 부역(賦役)이라는 것이 성행했습니다. 홍수가 나서 논밭이 떠내려가고 길이 끊기거나 파여서 복구가 필요하면 지역의 주민들을 동원하곤 했습니다. 그뿐인가요. 새마을사업으로 길을 낼 때도 그랬고, 사방사업(砂防事業)이라고 해서 냇가에 제방을 쌓을 때도 그랬고, 산에 나무를 심는 조림사업에도 주민들을 동원했었지요.

굴삭기나 트럭 같은 장비가 없던 시절이었기에 순전히 주민들의 노동력이 필요했던 것입니다. 하다못해 초등학생이던 저도 냇가에서 자갈이나 모래를 퍼다 신작로에도 깔고 학교 운동장에도 까는 부역에 자주 끌려 다녔습니다.

어린 저는 그런 일이 힘들어 진저리를 쳤지만 어른들은 목을 빼고 부역에 동원되기를 기다렸습니다. 일을 하고 나면 노동의 대가로 밀가루를 배급받을 수 있기 때문이었습니다.

아직도 기억하고 있는 분들이 계시겠지만 악수하는 손이 그려져 있는 밀가루 포대! 미국에서 구호품으로 보내준 그 밀가루 포대! 며칠 일하고 그것 한 포대 배급받아오는 날에는 어머니 아버지의 얼굴에 모처럼 웃음기가 돌곤 했습니다. 밀가루 한 포대로 부자가 되는 날이었으니까요. 수제비도 뜨고 칼국수도 밀어서 자식들의 허기진 배를 넉넉하게 채워줄 수 있는 행복한 날이었으니까요.

지금 생각해도 웃음이 나는 일이 또 있습니다. 그 밀가루 포대가 광목으로 만들어졌잖아요. 우리 어머니들은 그것마저 함부로 하지 않고 요리조리 정성스레 재단을 해서 자식들 저고리도 만들고 바지도 만들어 입히는 경우가 많았습니다. 당시에는 그것이 '미제 옷'으로 통했는데 밀가루 포대에 찍혀있는 악수하는 그림과 U.S.A라는 영문 이니셜과 별이 총총한 성조기문양이 그대로 디자인 된 화려한(?) 의상이었기 때문입니다.

오늘의 젊은이들이 퇴물로 취급하는 70대 이상의 어르신들이 모두 그처럼 궁핍한 시절을 견뎌낸 분들입니다. 그 궁핍을 후대에 물려주지 않으려고 이를 악물어 오늘의 풍요를 일궈낸 분들입니다. 풍요로워진 지금도 가난했던 시절을 잊지 않고 아끼고 조신하며 살아가는 분들입니다.

김치민족

  김치, 물론 좋아하시겠지요? 우리 한국인처럼 김치를 좋아하는 민족은 없나봅니다. 지구촌의 여러 인종 가운데 김치 없이 못 사는 인종이 우리네들이니까요. 통계에 의하면 우리 국민들이 한 해 동안 먹어치우는 김치가 자그마치 150만 톤이나 된다고 해서 놀랐습니다. 그 중 70%가 배추김치라는데 중국 화북지방이 원산지인 배추가 한반도로 건너온 시기를 1,200년대 무렵으로 추정하고 있습니다. 고려가 강화로 천도해있던 고종 23년(1236)에 발간된 『향약구급방』이라는 의약서에 배추가 소개되었는데 '우뚝하게 크다'는 뜻글자인 '숭(菘)'으로 표기한 뒤 '맛은 달고 성질은 따듯하며 독이 없다(味甘 溫 無毒). 잎은 넓고 두꺼우며 살이 많은데(葉闊厚而肥) 생김새가 모두 같고 우거진 채로 무리를 지어있다(與眞菁相類). 털이 많은 자가 말하기를 배추는 자주 꽃이 핀다고 하였다(多毛者菘紫花).'라는 내용으로 이것이 우리나라 최초의 배추에 관한 기록문이라고 합니다. 역시 강화도에서 1241년에 발간된 이규보의 『동국이상국집』에도 배추김치에 대한 글이 있습니다. 여기에서는 김치를 '염지(鹽漬)'라고 하였는데 '소금에 담그다'라는 뜻이니 일부지방에서 지금도 사용하고 있는 '짠지'라는 명사와 일맥상통합니다. 변변한 양념 없이 소금에만 절여서 짠맛만 강했기에 '짠지'라고 했던 것이지요.

　김치하면 빼놓을 수 없는 고추가 우리나라에 처음으로 들어온 것이 1600년대 초로 임진왜란 직후 일본에서 건너왔다고 합니다. 그러나 본격적으로 재배하기 시작한 것은 1720년대쯤으로 보입니다. 왜냐하면 1715년 홍만선이 엮은 『산림경제』라는 농업교본에 실려 있는 고추재배법이 우리나라 최초의 기록이기 때문입니다. 거기에는 고추가 '남초(南椒)'로 되어있습니다만 이것이 대중화되기 전까지는 초피가루를 김치에 버무렸다고 해요. 그런데 동의보감에 이르기를 초피는 죽은 살을 되살리고 허리와 무릎을 따뜻하게 하여 통증을 없애주며 성기능을 강화시켜준다고 했으니, 어떤가요. 우리 같은 노년들에게는 초피김치가 구세주 같은 존재 아니겠어요?

말모이 정신

예전에는 국어사전, 백과사전, 영한사전, 옥편 등 목침처럼 두꺼운 종이사전들이 학창시절의 가정교사 노릇을 해주었는데 지금은 전자사전이나 인터넷에 밀려 골동품신세가 되어버렸습니다. 인류역사상 최초의 단어사전은 기원전 2,000년경에 고(古) 바빌로니아의 사제들이 만든 '우라'라는 이름의 흙판 사전인 것으로 알려져 있더군요. 진흙을 이겨 널찍하게 다진 판에 단어를 새기고 불에 구워낸 것이라는데 바빌론과 앗시리아 등지의 고대유적지에서 발굴되었답니다. 그들이 이렇게까지 해가며 단어사전 만들기에 집착한 까닭은 언어라고 하는 소통수단을 발전시켜야 모든 문명을 발전시킬 수 있다는 것을 깨달았기 때문일 겁니다. 그 좋은 예로 미국을 들 수 있습니다. 선진강국 중에서 건국역사가 가장 일천한 미국이 오늘날 세계제일의 문명국으로 발전할 수 있었던 것은 독립전쟁에서 승리하여 나라를 세운지 불과 45년 만인 1828년에 그들의 언어사전을 만들어낸 저력에 의해서라는 것이지요.

그러나 우리는 안타깝게도 단기 4244년에야 비로소 우리말 사전 편찬사업에 시동을 걸었습니다. 그것도 일본에 나라를 빼앗긴 뒤에 우리말이라도 지켜야 한다는 절박감으로 주시경과 그의 제자인 김두봉, 이규영, 권덕규 등이 모여 사전편찬에 뜻을 세우고 우리말을 모아 원고지에 정리하기 시작했던 겁니다. 그때 사전이름을 미리 정했는데 우리말 사전도 아니고 국어사전도 아닌 '말모이'였다고 합니다. 그 뜻이 '우리말을 모으다'라니까 제목부터 순수한 우리말이라 마음에 쏙 듭니다. 그러나 그 사업을 시작한 지 3년 만에 주시경이 급서하고 김두봉마저 상하이로 망명하는 바람에 자료를 수집하는 작업조차 미완성으로 남겨졌던 것입니다.

그 미완의 원고지에 적혀있는 우리말 가운데 '바시기'라는 단어가 있는데 '아는 것이 없고 똑똑하지 못한 사람'을 이르는 말이라고 해요. 지금 일반화되어있는 '바보'보다는 재미있는 것 같아요. 다행히 어느 단체에서 주시경이 못다 이룬 '말모이' 편찬사업을 마무리하기 위해 새로운 단어나 방언 등을 모으는 중이라고 합니다.

저 같은 '바시기'의 생각에는 요즘 인터넷 세대 사이에 통용되고 있는 국적 불명의 신조어와 합성어 따위는 철저히 배제하여 많이 오염되고 훼손된 우리말을 정화시켜 주시기 바랍니다. 그것이 일제 치하에서 갖은 고초를 겪어가며 '말모이'사전을 편찬하기 위해 헌신하신 분들의 거룩한 정신을 이어가는 길이라 여겨지기 때문입니다.

상실시대

우리는 여러 가지를 얻기도 하고 여러 가지를 잃기도 하면서 살아갑니다. 그 얻고 잃음 중에서 사람을 얻었을 때처럼 좋은 일이 있을까요? 반대로 사람을 잃었을 때처럼 가슴이 텅 빌 때가 있을까요? 한 번밖에 만난 적이 없는 사람이 세상을 떠났다는 소식을 전해주던 지인의 상실감이 어찌나 격하던지 깜짝 놀랄 정도였습니다. 그러나 노년에 접어들면 얻는 것 보다는 잃는 것이 많지요. 저 또한 어느덧 친구나 지인의 죽음을 많이 겪게 되는 나이가 되었네요.

누구든 죽음을 원하는 사람은 없을 겁니다. 젊고 건강한 사람도 어쩌다 병상에 눕게 되면 죽음을 생각하며 자신을 성찰해본다더군요. 그래서 '너의 지난 일을 알고 싶거든 네가 지금 처해있는 것을 보고, 네 미래가 궁금하거든 네가 지금 행하고 있는 것을 보라.'는 말이 있는 모양입니다. 또한 공자가 말하기를 "새는 죽을 때 그 울음소리가 슬프고, 사람은 죽음에 이를 때 그 말소리가 선하다."고 했는데, 착하고 바르게 살아온 사람은 죽음에 대한 공포가 적고, 악하고 인색하게 살아온 사람일수록 죽음에 대한 공포가 크다는 연구결과가 있더군요.

곶감을 말리며

"곶감 먹고 엿목판에 엎드려있다."라는 속담이 있는데, 좋은 일이 연속될 때를 이르는 말입니다. 우리네 삶에서 늘 좋은 일만 생긴다면 얼마나 좋겠습니까만, 가을은 점점 깊어가고 해가 짧아지는 만큼 생각도 짧아지는 듯합니다. 이맘때면 벌써 한 해가 저문다고 여기저기서 한숨들을 내쉬지요.

그러나 채근담에 이르기를 '세월은 원래 길고 오래지만 마음 바쁜 사람이 스스로 짧다 하고, 천지는 원래 끝없이 넓지만 마음 좁은 사람이 스스로 좁다 한다. 일체 자연은 원래 한가롭지만 일에 바쁜 사람이 스스로 번거롭다 한다.' 라고 했습니다.

저도 조금은 한가롭고 싶어서 어제는 감을 따서 감 말랭이와 곶감을 만들었습니다. 지인에게 물었더니 이르다는 이도, 적기라고 하는 이도 있었지만 잘 한 것 같습니다. 여하튼 곶감이 잘 만들어져야 할 텐데…. 가을은 계절의 변화가 심해서 금세 서리가 내리고 기온이 차가워지니 계절병인 감기 걸리지 않도록 조심하세요.

잡초에 대한 생각

10월 20일, 새벽기온이 8~9도로 쾌적하고 쾌청한 날씨입니다. 시기적으로 작물이나 잡초가 성장을 멈출 때인 것 같은데도 잡초들을 자세히 들여다보면 그렇지가 않더라고요. 찬 서리에 잔뜩 웅크린 채 서서히 말라가면서도 씨앗을 보다 멀리 퍼뜨리기 위해 꽃대를 잔뜩 밀어 올리는 모습을 보면 생명의 신비와 경이로움을 느낍니다.

한낱 잡초도 그러할진대 하물며 사람으로 태어나 자신의 씨앗 뿌리기를 거부하며 독신주의를 고집하거나 스스로 독립하지 않고 자기 인생을 부모에게 의탁하려는 젊은이들이 있습니다. 당장은 캥거루처럼 편히 살겠지만, 노후에 닥칠 허전함과 자신의 영정 앞에서 슬퍼해줄 사람조차 없다는 걸 생각이나 해보는 것인지 모를 일입니다.

이러한 현상은 수고로움을 겁내고, 참고 견디는 것을 겁내기 때문이라 생각합니다. 성서에 이르기를 '환난은 인내를, 인내는 단련을, 단련은 소망을 이룬다.'고 했습니다. 무슨 일이든 견딜 수 있는 사람이 무슨 일이든 해낼 수 있습니다. 젊은이들이여! 삶을 겁내지 말고 잡초 같은 끈질김으로 이 세상을 이겨내시기를 기도합니다.

가을 먹거리

'가을 안개는 천석을 쌓아올리고 봄 안개는 천석을 들어내린다.'는 속담이 있지만 가을철이 되면 대기의 수분이 줄어 우리 몸까지 건조해지고 면역력이 약해진다고 합니다. 건강하다면 걱정을 하지 않아도 되겠지요. 하지만 나이가 들면 자연히 약해지는 것이 면역력이고, 면역력이 약해지면 크고 작은 병이 줄지어 덤벼든다고 하네요. 그래서 '골골 칠십'이라는 말이 생겨난 모양입니다.

노쇠현상의 바로미터인 면역력 저하를 막는 방법으로 꾸준한 운동을 권하고 있지만 그게 말처럼 쉽지가 않아요. 그래서 면역을 키우는 가을철 먹거리를 알아보았더니 버섯단호박 당근 양배추를 비롯해서 무 고등어 사과 감 등이 좋다고 합니다. 특히 환절기에 잘 걸리는 목감기에는 무가 특효라고 하는데 가을 먹거리 모두 값도 저렴하고 손쉽게 구할 수 있는 것들이니 가을건강을 위해 자주 드세요.

마음을 다듬어야

우유를 처음 먹어본 게 몇 살 때였을까? 자장면은 언제 처음 먹어보았을까? 술은 누구 때문에 처음 먹게 됐을까? 처음 마신게 막걸리였나, 소주었나? 설렁탕은? 내 옷을 내 손으로 사본 게 몇 살 때었나? 구두는? 별별 생각을 다 해 볼 때가 있습니다.

저는 무슨 연유에서였는지 기초화학을 공부하고 싶었습니다. 그러나 진학을 못해서 원하는 직업을 갖지 못했지만, 그렇게 되었다면 내 인생은 어떻게 변했을까? 지금 강화에 살지 않고 서울에서 생활한다면? 집에 들어박혀 있지는 않고 무슨 일이든 하고 있을 텐데….

어쨌든 저는 지금 행복합니다. 강화에 와서 처음으로 가입한 어느 모임에서 만나 가깝게 지내는 분이 아주 귀하고 멋진 옷을 제게 선물하셨습니다. 별로 도와드린 것도 없고 친절하게 대해 드리지도 못했는데 말입니다. 실은 옷을 받은 것 보다 더 고마운 것이 늘 맑고 밝게 사시는 그분의 모습이지요. 사람이 언제나 맑고 밝은 모습으로만 살기는 여간 어려운 일이 아닐 겁니다. 종교개혁가로 또는 가장 선한 목자로 항상 미소를 잃지 않았던 마르틴 루터도 어떻게 늘 밝은 표정을 지을 수 있느냐는 물음에 '우리가 매일 수염을 다듬듯이 그 마음도 매일 다듬지 않으면 안 된다. 매일매일 마음을 다듬을 수 있는 사람은 세상에 나설 때 부끄러움이 없고, 한 점 부끄러움이 없어야 자기 자신을 외부에 드러낼 때 떳떳할 수 있다.'라고 했습니다. 그러니까 그분도 자신의 마음을 날마다 다듬기에 그처럼 맑고 밝은 삶을 살아가면서 남들까지 행복하게 해주는 것이겠지요.

꿩 이야기

꿩 이야기 좀 해볼까요. 저는 아주 어릴 때 맨손으로 꿩을 잡아본 기억이 있습니다. 논에 쌓아둔 볏단을 달구지로 나르는 일을 돕다가 볏가리에 머리를 박고 숨어있는 까투리 한 마리를 잡았던 것이지요. 집에 가져갔더니 어머니께서 무를 잔뜩 삐져 넣고 탕을 끓여 온 가족이 포식을 했는데 얼마나 맛있던지요.

제가 수렵면허증을 취득하고 4정이나 되는 엽총을 준비한 것도 그 때의 꿩 맛을 잊지 못해서일 겁니다만, 꿩은 모든 사냥꾼들이 가장 선호하는 목표물이기도 합니다. 꿩 사냥처럼 재미있는 게 없거든요.

꿩은 우리민족과 가장 친숙한 텃새라서 그런지 수많은 동물 가운데 꿩과 관련된 이야기와 속담이 단연 으뜸인 것 같습니다. 또한 삼국사기나 삼국유사 등의 고전에는 흰색의 백치(白雉)가 나타나면 나라에 좋은 일이 생길 징조라고 했습니다. 요즘 들어 개체수가 부쩍 늘어서 흔하게 볼 수 있는 것이 꿩이지만 백치를 보았다는 소식은 없네요.

어디까지 갈 거야?

　인간의 능력으로는 도저히 해결할 수 없는 문제도 순식간에 풀어내기에 과학의 정수라고 하는 슈퍼컴퓨터가 세상을 놀라게 했었는데요. 이제는 그 슈퍼컴이 1만 년 정도 걸릴 문제를 단 3분 만에 풀어낼 수 있는 초능력의 양자(量子)컴퓨터라는 것이 머지않아 등장할 것이라고 합니다.

　저 같은 노년들이야 슈퍼컴이든 양자컴이든 그것들이 해결할 수 있는 문제가 무엇인지 알 수도 없고 관심도 없습니다. 그렇지만 들리는 말로는 인간들이 원하는 것은 무엇이든 만들 수 있을 뿐 아니라 우주개발에서부터 신용카드나 온라인뱅킹에 이르기까지 모든 분야를 장악한다는 것이지요.

　그뿐인가요. 생각이 인간보다 훨씬 앞서가고 인간보다 훨씬 정확하게 판단하는 능력의 인공지능(AI)이란 것이 우리 인간들을 무력화시키고 있습니다. 과학이 발전할수록 생활이 편해지기는 하겠지만 이러다가 우리 인간의 영역이 지구에서 사라지는 것은 아닐지, 노파심이 듭니다.

마늘예찬

　냄새 하나만 빼면 백가지가 이롭다 해서 일해백리(一害百利)라는 마늘, 단군신화에도 등장할 만큼 우리 민족과는 인연이 깊은데 이집트를 비롯한 아랍권에서는 마늘을 최고의 정력제라며 신성시까지 한다고 합니다. 아랍인들은 왕의 무덤에도 시신 옆에 마늘을 묻어주었고, 중요한 약속이나 다짐을 할 때에도 성경 대신 마늘에 손을 얹을 정도였다고 합니다.

　우리도 『삼국사기』에 이르기를 '입추 다음 해일(亥日)에 마늘밭에 나가 후농제(後農祭)를 지냈다.'는 기록으로 보아 예전부터 원기를 보하는 강장제로 소중하게 여겼음을 알 수 있습니다.

　저도 어제 한 해 동안은 먹을 만큼의 마늘을 심었는데 때맞춰 월요일쯤 비가 올 거라니 기분이 좋습니다. 마늘을 심기 위해서는 쪽을 떼야 하지만 칼 같은 도구를 사용하면 상처가 생기고 싹이 안 날까봐 모든 인류의 공통 농기구인 손톱의 힘을 빌었더니 손톱뿐 아니라 손가락마디까지 욱신욱신 합니다. 슈퍼 푸드인 마늘농사 잘 지어보겠습니다.

들국화 향에 취해

오늘 아침, 밭일을 하러 나갔다가 무서리 내린 들국화의 영롱한 향기에 취해 슬며시 낫자루를 내려놓은 채 단상에 빠져들고 말았습니다.

밭둑에 핀 들국화는
천년의 빛깔과
향기를 잃지 않고
해마다 그대로를 자랑하건만

한로, 상강
찬이슬 헤치며
가을을 거두는 농부의 흰머리
해마다 변해가네

구슬땀 굽은 등허리 펴서

하늘 한번 멀뚱히 올려보며

들국화 맑은 향기에

고된 삶을 녹인다오.

낙엽에 쓰다

　음력으로 시월 초순이면 만추(晚秋)에 접어들었다고들 합니다. 천지가 울긋불긋한 낙엽으로 뒤덮인 풍경을 이르는 말이지만 이처럼 빛깔이 곱게 물든 때를 기다려 조상님께 수확의 인사를 드리는 시제(時祭)가 행해집니다. 지방에 따라서는 묘제(墓祭)라고도 하는데 한 조상의 뿌리인 후손들이 그해에 수확한 햇곡으로 음식을 빚어 조상 묘소에 차려놓고 한 해 동안의 보살핌을 감사하는 우리만의 아름다운 전통문화이지요.

　원래는 사중시제(四仲時祭)라 하여 봄 여름 가을 겨울 4계절의 중월(仲月)인 2, 5, 8, 11월에 길일을 잡아 부모로부터 고조까지의 사당에 제사를 드렸다고 합니다. 그러다가 집안에 사당을 갖추지 못한 하층 백성들이 그들 나름대로 한 해에 한번 10월 상달을 기해 조상들의 묘를 찾아가 시제를 올리기 시작한 것이 지금은 일반화가 되었습니다.

이처럼 선조를 우러르고 감사하는 마음이 인륜(人倫)의 근본일 텐데 세월이 갈수록 조상을 받드는 마음들이 사라지고 있는 것 같아 마음이 편치 못 합니다. 어찌되었든 가을은 사색의 계절이라고 했으니 무르익어가는 단풍에 묻혀 '과연 인생이란 무엇인가'라는 생각이라도 해볼까하다가 뜬금없이 '남이 나를 알아주지 않는 것을 근심하지 말고, 내가 남의 재능을 알아줄만한 슬기가 없음을 근심하라.'는 공자의 말씀이 떠올라 그만 두고 말았습니다.

토마토

"토마토는 식후에 디저트로 먹는 과일이 아니라 식재료의 일부이므로 채소라고 판결 한다."

1893년 미국에서 수입된 농산물에 대한 세금을 부과하자 토마토 수입업자들이 세금부과가 부당하다고 소송을 제기했을 때 대법원에서 내린 판결이라고 합니다.

그 덕에 우리나라도 서양처럼 채소류로 분류되었지만 실은 과일대용에 가깝지요. 토마토는 심장병과 전립선비대증을 예방하는 효능이 크다니 우리 같은 노년들의 필수식품인 듯합니다. 저도 해마다 빼놓지 않고 재배하여 날것으로 먹는데 서양인들처럼 각종 요리와 섞어서 익혀먹는 게 더 효과적이라고 하네요.

건강검진

어학사전에서 '건강'에 대한 의미를 찾아보았더니 '몸이 튼튼하고 병이 없는 상태'라고 했더군요. 그런데 세계보건 기구(WHO)의 헌장에는 "질병이나 허약한 상태가 아닐 뿐 아니라 육체적으로나 정신적으로 또는 사회적으로 완전한 안녕상태를 말한다."라고 정의되어 있습니다.

건강에 대한 인식이 육체와 정신을 넘어 사회적 위상으로까지 확대된 것이지요.

즉 사회생활을 안정되게 영위할 수 있는 재정이 확보되어 있는가. 사회적 비난을 받지 않고 떳떳하고 자신감 있게 생활할 수 있는가. 이웃과 화합하며 외롭지 않은 생활을 할 수 있는가. 자녀의 부양으로 노년을 편히 지낼 수 있는가 등의 문제를 충족시킬 수 있는 여건이어야 완전한 건강체라는 것입니다.

그러고 보니 건강하기가 참으로 어렵다는 생각입니다만

어떠하신지요? 내 마음대로 될 수 있는 게 하나도 없지만 정기적으로 건강검진을 꼭 받으시고 섭생을 잘 해서 한 가지 건강이라도 챙겨야 하지 않겠습니까.

우정에 대하여

오늘은 서른여덟 명의 지인들과 함께 강원도 인제에 있는 자작나무 숲을 다녀왔습니다. 관광이라 해야 할지, 여행이라 해야 할지 헷갈려서 인터넷을 검색해보았더니 관광은 '다른 나라나 지역의 문물을 관찰하기 위해 돌아다니는 것'이고, 여행은 '자기가 사는 곳을 떠나 유람을 목적으로 객지를 두루 돌아다니는 것'이라고 했더군요. 그래서 유람은 또 무슨 뜻인가를 찾아보니까 '아름다운 경치나 이름난 명소를 찾아다니며 구경하는 것'이라고 해요. 그러니까 자작나무 숲과 단풍을 구경하러 길을 떴던 우리는 유람을 다녀온 셈이지요. 단풍이 기대했던 만큼의 절정은 아니어서 아쉬움도 있었지만 서른여덟이나 되는 많은 지인들과 함께였으니 참으로 귀하고 값진 유람이었다는 생각입니다.

사람은 혼자서 살아갈 수 없기에 다른 사람과 연대할 밖에 없습니다. 그래서 친구를 맺고 우정을 나누며 살아가는 것이겠지요. 그 친구와 우정에 대하여 생텍쥐페리는 '잃어버린 친구를 대신할만한 것은 절대로 없다. 오랜 친구는 만들어지는 것이 아니다. 공통된 그 많은 추억, 함께 당한 그 많은 괴로운 시간, 그토록 많은 불화, 그리고 화해, 마음의 격동이라는 보물만큼 값어치가 있는 것은 우정 말고 아무 것도 없다. 이런 우정들은 다시 만들어내지 못하는 것들이다. 참나무를 심었다고 오래지 않아 그 그늘 밑에 쉬기를 바란다는 것은 헛된 일이다.'라고 했습니다. 저도 오늘 함께했던 여럿의 지인들과 추억을 나누고 우정을 나누는 시간을 가졌기에 마음이 든든해서 즉흥적으로 한 수 흥얼거렸습니다.

푸름 속에 뽀얀 목을 들어

하늘만 향하던 자작나무

팔랑이던 나뭇잎

다 내려놓고

나아감도 그침도

그 언제였던가?

나에게 묻고 있네.

자작나무

    텔레비전을 보니까 핀란드 사람들은 사우나를 할 때 자작나무가지로 온 몸을 열심히 두드리더군요. 그 사람들이 사우나의 원조라는데 자작나무로 몸을 두드리며 땀을 빼면 혈액순환이 잘된다고 합니다. 동양의 한자표기로는 자작나무를 백화(白樺)라고도 하고 화촉(華燭)나무라고도 합니다. 등유나 초가 귀해서 불도 밝히지 못하던 시절에는 마을에 혼사가 있을 때에나 이 자작나무 껍질을 벗겨다 신혼방에 불을 밝혀 주었기에 화촉이란 말도 생겼고, '화촉동방(華燭洞房)에 불 밝혀라'라는 민요도 생겼답니다. 화피(樺皮)라고 하는 자작나무 껍질은 기름기가 많아서 불을 붙이면 비를 맞아도 꺼지지 않는데, 이것을 태울 때 '자작자작'하는 소리가 나서 자작나무라고 부르게 되었다는 얘기를 들었습니다. 주로 추운 지방에 자생하는 나무여서인지 1900년대의 북한지방은 온통 자작나무천지였던 모양으로 함경도에 살던 백석 시인의 시에도 온통 자작나무로 빼곡하게 채워져 있습니다.

> 산골집은 대들보도 기둥도 문살도 자작나무다
> 밤이면 캥캥 여우가 우는 산도 자작나무다
> 그 맛있는 메밀국수를 삶는 장작도 자작나무다
> 그리고 감로 같이 단 물이 솟는 박우물도 자작나무다
> 산 너머는 평안도 땅이 보인다는 이 산골은 온통 자작나무다.

영하 20~30도가 훌쩍 넘는 혹한을 종이처럼 얇고 하얀 껍질로 버티는 자작나무를 베어다 팔만대장경을 판각했다는 얘기도 있지만 실제 장경판각지인 강화도에서는 벚나무로 알고 있습니다. 혹여 벚나무가 자작나무를 일컫는 '樺'자를 빌려 쓰는데서 비롯된 혼동은 아닐지, 한 번 더 살펴볼 일이라 생각합니다.

위령의 날

행복하여라, 마음이 가난한 사람들!

하늘나라가 그들의 것이다.

행복하여라, 슬퍼하는 사람들!

그들은 위로 받을 것이다.

행복하여라, 온유한 사람들!

그들은 땅을 차지할 것이다.

　위 내용은 천주교에서 정한 위령의 날 미사를 통해 우리보다 먼저 세상을 살다 가신 모든 영혼들께 바치는 헌사(獻詞)입니다. 우리 민간풍속에 음력 10월에 추수를 끝내고 5대 이상의 조상에게 제사를 올리는 시제가 있는 것처럼 천주교회에서는 서기 998년부터 매년 11월 2일을 죽은 모든 이를 기억하는 위령의 날로 정하여 미사를 올리고 묘지를 방문하는 전례가 있습니다. 그리고 이날은 사제가 세

번의 미사를 올릴 수 있는 특권이 주어집니다.

　이러한 의식은 성탄절과 함께 1년에 단 두 번 뿐이지요. 천주교나 유교나 조상을 기리는 마음은 같지만 천주교는 이처럼 내 조상뿐 아니라 이 세상을 살다간 모든 이들을 존숭하는 종교입니다. 아무런 의미도 없이 세상을 살다간 사람은 하나도 없기에 앞서 간 이들의 음덕으로 현재를 살 수 있음을 감사하는 것이지요.

2부
어리석게 살까, 어질게 살까

어리석게 살까, 어질게 살까

　하늘은 운무에 싸여 고즈넉한데 사람들은 가을걷이다, 축제다, 관광이다 하며 모두들 종종걸음입니다. 어깨에 내려앉은 단풍에 나를 비춰보아도 너무 초라한 자신을 발견하게 됩니다. 70평생을 살아오도록 무엇 하나 제대로 하는 것도 없고, 이룬 것도 없이 남에게 박수나 쳐주는 박수부대로 살아온 것 같습니다.

　누구를 만나도 자신만의 취미와 특기가 있는데 저는 한 가지도 능숙한 게 없어요. 그래서 뒤늦게 글쓰기에 매달리고는 있지만 이지측해(以指測海)라고, 손가락으로 바다의 깊이를 재는 어리석음만 범하고 있는 것 같습니다. 하여 '어리석은 사람이 어리석다고 스스로 생각하면 벌써 어진 것'이라는 법구경의 가르침을 따라 스스로 어리석음을 인정하고 사는 것이 바르게 사는 것이라고 스스로 위안을 삼으려 합니다.

서리

  아침에 일어나 감나무를 올려보았더니 까치밥으로 놓아둔 홍시에 서리가 하얗게 내려앉았네요. 이를 시상(柿霜)이라고 하는데 곶감에 돋은 하얀 분말도 마찬가지라고 합니다. '88야(夜) 이별서리'라고 입춘으로부터 88일 째 되는 오월 초이틀이면 서리가 멎는다고 했습니다.

  헌데도 '여자가 한을 품으면 오뉴월에도 서리가 내린다.'는 속담이 생긴 것은 여성들의 가슴에 못 박을 짓을 하면 언젠가는 천벌을 받는다는 뜻이겠지요. 도지사다, 시장이다 하는 고관대작들도 여한(女恨) 앞에서는 추풍낙엽처럼 날아가고 말았잖아요.

큰 돈과 작은 돈

　사람들은 일생동안 수많은 목표를 세우고 바꾸고를 거듭하면서 희로애락을 느끼며 살아갑니다. 그리고 대나무 같은 삶의 마디마디에 부딪힐 때마다 세상의 풍파를 견디고 참아내며 성장하는 것 같습니다. 사람마다 차이는 있겠지만 삶의 바탕에는 무엇보다 경제적 소득이 중요하겠지요. 그래서 사업을 하든지 급여를 받든지 농사를 짓든지 생산활동을 하는 것인데, 우리 농부들 말입니다. 한 해 동안 죽도록 일해서 거둔 농작물을 팔아보았자 인건비에도 모자랍니다.

　그런데도 고구마 한 상자 팔아 2만 5천원 챙겼다고 부처님 미소를 짓는 분들이 많더군요. 하지만 엄청난 돈과 권력을 축적하고도 더 많은 것을 얻기 위해 아귀다툼을 벌이는 것이 당연시되고 있으니 과연 어떻게 사는 것이 현명한 삶일까요?

이에 대해 세네카는 이렇게 정의했더군요. '가난하다는 것은 적게 가진 사람을 두고 하는 말이 아니라 더 많은 것을 바라는 사람을 두고 하는 말'이라고. 그러나 세네카의 이 말이 어찌 보면 옳은 것 같기도 하고, 또 어찌 보면 어리석은 것 같기도 해서 헷갈리기만 합니다.

순무

　제가 살고 있는 강화도 특산물의 하나인 순무! 드셔보셨어요? 생것으로 먹어도 향긋하니 좋지만 밴댕이를 넣고 버무린 순무김치는 정말 맛있습니다. 자줏빛 피부에 배추꼬리처럼 알싸한 맛이 특징인 순무는 이 나라의 수많은 농작물 가운데 토착근성이 가장 강합니다. 다리 하나 건너인 김포 땅에만 옮겨 심어도 얼치기가 되고 말거든요.

　순무는 원래 스웨덴이 원산지로 알려져 있습니다. 그러나 루터베이커라고 하는 스웨덴 순무는 흰색 피부에 별 맛이 없어서 가축사료용으로만 재배한다고 합니다. 이에 비해 강화순무는 맛과 향이 깊고 약성까지 뛰어나 식용으로 인기가 많아요. 특히 항암효과가 탁월한 것으로 밝혀지면서 대형병원 앞에서도 팔고 있다는 기사를 본 적이 있을 정도입니다.

　수백 년 전부터 강화에서 재배했다는 기록이 있는데 지금부터가 제 맛이지요, 강화순무로 수십 가지의 건강보조식품을 만들어 내고 그 씨앗도 한약재로 쓰인다고 합니다. 각종 건강식품이 넘치는 시대이지만 효능이 입증된 강화순무 많이들 드세요.

쉼

　라오스에 쉼표를 찍으러 왔습니다. 오랜만에 맛보는 해외여행이지만 막상 살던 집을 멀리 떠나오니 마치 둥지 잃은 새처럼 허둥대느라 마음의 여유를 느끼기가 어렵습니다. 내 집보다 편안한 안식처는 없는 것 같은데도 자꾸만 나들이 유혹에 이끌리는 까닭을 모르겠어요. 사람은 결국 자기 자신을 체험하는데 불과하다는 말도 있는데 여행도 자기체험에 해당될까요.

일등해서 뭐하나요?

우리나라를 일컬어 고요한 아침의 나라라고 했는데 지금도 그 말이 유효한지 모르겠습니다. 지금 살아가는 모습들을 보면 무엇이 그리 다급하고 절박한 지 전후좌우 살필 겨를도 없고 부모형제조차 돌 볼 겨를이 없다고들 하잖아요. 그러한 아귀다툼에서 벗어나 여유로운 시간을 즐겨보자고 해외여행을 떠나온 이튿날, 일행이 수십 척의 카약에 나누어 타고 선두경쟁을 벌였는데 제가 탄 카약이 일등을 차지했지 뭡니까. 아름다운 주변경관에는 눈길 한 번 주지 않고 오로지 일등을 차지하기 위해 죽을힘을 다했던 겁니다. 이런! 이런!

치열한 경쟁에 지친 몸과 마음을 추스르고자 나라밖까지 나와서도 그놈의 일등근성을 털어내지 못하고 아귀다툼을 벌였으니, 나이가 부끄러울 뿐입니다.

짚라인

라오스여행 사흘째네요. 국내 어느 놀이동산에서 짚라인이나 타며 즐기려고 매표소 앞에 서서 "일반 일곱에 경로 다섯 장"하며 카드를 내밀었더니 노인들은 위험해서 짚라인은 금지라네요. 할 수 없이 젊은이들 표만 사주고 돌아서면서 어느새 놀이문화에서도 퇴출당한 나이가 되었다는 생각에 황당함을 금치 못했습니다. 대신 방비엔 블루라군이라는 휴양지에 가서 푸른 냇가의 나무에 올라가 다이빙도 하고 짚라인도 탔습니다. 너무 재미있어서 처음으로 그 기구를 개발한 사람이 누구인지 궁금해지더군요. 열대우림의 동굴에 가보면 나무뿌리가 석순을 뚫고 내려온 게 보입니다. 타잔이 그런 줄을 타고 다닌 것이 짚라인의 효시가 아닐까요? 다음에는 번지점프도 도전해봐야겠어요.

신의 영역과 인간의 영역

아무리 뛰어난 과학자라 해도 자기가 고안해 낸 상품을 직접 만들기보다는 다른 전문가에게 의뢰하는 경우가 많다고 합니다. 반면 문화예술인은 자신의 생각과 영감을 직접 표현하거나 작품화하고 있습니다. 그래서 천재적이라는 말은 그들에게나 해당 되는 모양입니다.

특히 미술가들은 선 하나를 그어놓고도 작품 설명을 하며 어디에서 무슨 영감(靈感)을 받았다고 하는데, 대체 어떠한 계기로 그 영감이란 것을 받게 되는지 저도 체험해보고 싶습니다.

과학자나 예술가들도 그 능력은 한계가 있어 제한적인 작품이나 발명품을 남기지만, 신의 영역은 무한하여 6일 동안에 이처럼 아름다운 세상을 창조하셨습니다.

라오스 여행 나흘째인 어제는 쉬판돈의 콘퐈펭 수평폭포

엘 다녀왔는데, 드넓은 메콩강이 온몸을 내던지며 만들어
내는 물살의 위용은 가히 장관이었습니다. 이처럼 신이 아
니면 만들어낼 수 없는 창조물 뿐 아니라 세상 모두 신의
영역이고 그래서 어디를 가도 아름다운 것이겠지요.

남대문표 빤쓰는 아직도 팔린다

단체를 이뤄 버스로 이동할 때에는 대개 보험을 들잖아요. 서류를 작성하면서 알게 되었는데 저를 포함한 40년대생들은 연장자 측에 들어가네요.

세월이 오는지 가는지 조차 느낄 틈도 없이 바쁘게 살아내다 보니 어느새 나이가 그렇게 되고 말았습니다. 그렇다고 소싯적 이야기 하자는 건 아닙니다만 요즘 젊은이들의 물건 구매방식을 어깨너머로 훔쳐보면, 직구다. 공구다. 무슨 회원권을 같이 쓴다. 초저가 핫딜이다, SNS 정보공유다 하면서 뜻 모를 이야기만 해대는 통에 소외감을 느끼곤 합니다.

정보화시대라서 정보를 이용할 줄 알면 좋은 물건을 값싸게 살 수 있고, 세금도 감면받는 등 이익이 많다는데 SNS 같은 기초정보망조차 까막눈 신세거든요. 아주 작은 이익이든 큰 이익이든 이익이 된다면 그것이 무슨 일이든 벌떼

처럼 덤벼드는 것이 인간의 속성인데, 돈이 되는 정보망
도 이용할 줄 모르는 처지가 한심하다는 생각이 듭니다.
다만 남대문표 빤쓰(팬티)는 지금도 팔리고 있고, 덕분에
저 같은 까막눈도 다 살아갈 수 있다는 것에 위안을 받습
니다.

빨리빨리문화

우리나라 사람들의 빨리빨리문화가 고속성장에 큰 역할을 했다고 하기도 하고 혹은 그것이 흠이라는 지적도 있습니다. 70년대부터 몰아친 산업화 바람이 빨리빨리문화를 몰고 온 이면에는 보다 풍요로워지고 싶고, 보다 많이 채우고 싶은 욕심이 작용한 면도 있을 것입니다. 그렇지 않다면 현대사회처럼 숨 쉴 틈도 없이 바쁘게 살아가는 것을 좋아하는 사람은 아무도 없겠지요.

그러나 무엇이든 풍부하다고 해서 반드시 좋은 것은 아닐 겁니다. 재산이 많은 집안치고 화평하고 행복하게 지내는 경우가 별로 없잖아요? 그래서 파스칼도 '더 바랄 것 없이 풍족하다고 그만큼 기쁨이 더 큰 것은 아니다. 모자라는 듯한 여백(餘白)이 오히려 기쁨을 주는 샘이다.'라고 말했을 겁니다. 공감하신다면 채우고 싶은 곳을 조금은 남겨두시고 조금은 비워두세요.

한 송이 국화꽃을 피우기 위해

　지구상에는 꽃을 피우는 식물이 무려 37만여 종이나 된다고 합니다. 그 수많은 꽃들 중에서 가장 사랑스럽고 가장 예쁜 꽃은 무엇일까요. 눈에 넣어도 아프지 않다는 우리 아이들이 아닐까요? 어린아이들을 일러 흔히들 꽃봉오리라고 하는데 그만큼 여리고 예쁘고 사랑스럽기 때문이겠지요. 그러나 그 꽃봉오리가 저절로 활짝 피어나는 것은 아닙니다. '한 송이의 국화꽃을 피우기 위해 봄부터 소쩍새는 그렇게 울었나보다.'라는 서정주 시인의 한 소절처럼 꽃 한 송이 피우기 위해서는 참으로 오랜 동안 애를 태워야 하고, 지극한 정성으로 보살펴야 하고, 지극한 마음으로 끊임없이 기도해 줘야 합니다.

　산야에 피어있는 꽃도 저절로 핀 것이 없습니다. 싹을 틔우고, 줄기를 뻗고, 꽃봉오리를 매달고, 꽃송이를 피우고, 씨앗을 맺기까지 오랫동안을 햇빛과 바람과 이슬과 비를 주는 하늘의 보살핌이 있었습니다. 뿌리가 뽑히거나 흔들리지 않게 봄 여름 가을 겨울 포근히 감싸준 대지의 지극한 보살핌도 있었습니다.

그런데 말이지요. 우리의 예쁜 꽃봉오리인 어린 아이들이 피어보지도 못한 채 꺾이고, 할퀴고, 짓밟히는 경우가 종종 발생하고 있어 가슴을 아리게 합니다. 아이들은 사랑을 주는 만큼 사랑스럽게 자라고, 예뻐해 주는 만큼 예쁘게 자랍니다. 그런데 그 어린 아이들이 고문을 당하듯 심한 괴롭힘을 받거나 목숨까지 잃는 끔찍한 일들이 끊이질 않습니다. 그것도 부모라는 자들로부터 말입니다. 짐승도 혀를 찰 일들이 사람들의 사회인 유아원에서도, 유치원에서도, 학교에서도, 길거리에서도, 때와 장소를 가리지 않고 벌어지고 있으니 짐승 앞에서도 낯을 들 수가 없습니다.

사람이라는 것이 이렇게 민망하고 부끄러울 수가 있나요? 사회원로인 우리 어른들이 마을 아이들을 자세히 지켜보며 보살피는 일에 팔을 걷어야 할 때인 것 같습니다.

독신獨身인가, 독신毒身인가?

　세계경제흐름에 가장 큰 영향력을 행사하고 있는 국제통화기금(IMF) 총재를 역임했던 크리스틴 라가르드 씨가 얼마 전, 우리나라의 저출산문제에 대해 "마치 집단자살사회를 보는 것 같다."며 강도 높게 비판했습니다. 세상에 독불장군은 없다고 하지만 우리나라에는 결혼도 하지 않고 혼자 살기를 고집하거나 결혼을 해도 아이 낳기를 기피하는 독불장군이 의외로 많은 것 같습니다. 그들 덕분에 출산율이 세계 꼴찌라는 타이틀을 수년간이나 보유하고 있으니 웃어야 할지요, 울어야 할지요.

　나라마다 경제규모나 사회규모에 맞는 적정인구가 있어 경제활동도 하고 사회활동을 해야 나라가 발전할 수 있다는 기본적 상식을 모르는 사람은 없잖아요. 그러나 우리는 그 독신주의자들로 하여 적정인구가 한창 미달인 상태의 암담한 지경에 처해있습니다. 지금처럼 새로 태어나는 인구가 턱없이 모자라는 비상한 사태가 몇 년 만 더 지속되면 우리의 미래는 정말 캄캄해집니다. 활동능력이 없는 노령인구만 늘어나고, 정작 일을 해서 돈을 벌 사람은 모자라고, 나라를 지킬 자원도 모자랄 거 아닙니까. 이래가지고 나라가 발전은커녕 유지나 되겠습니까?

당장 얼마 안 있으면 시·군·구 같은 기초단체 절반가까이나 없어질 것이라고 합니다. 아이를 낳지 않는 것은 우리나라와 사회의 신진대사를 막아 동맥경화를 불러오는 해독행위입니다. 사회구성원으로서의 공동책임과 의무를 기피하는 비굴한 행위입니다. 늙어졌을 때 의지할 곳 하나 없는 처량한 신세로 자기를 끌고 가는 어리석은 행위입니다. 이러한 사람은 독신자(獨身者)가 아니라 스스로 자신을 해치는 독신자(毒身者)에 불과하다는 것을 알아야 합니다.

가난함이란

어제는 프란치스코 교황께서 선포하신 '세계 가난한 이들의 날'이었습니다. 가난의 부류는 두 가지가 있다고 합니다. 물질적 가난과 정신적 가난이지요. 이 두 가지 가난 중에서 어느 편이 더 딱한 처지일까요. 물질이 부족한 사람은 언젠가는 채울 수 있는 기회를 얻게 되지만 정신이 피폐해진 사람은 온전한 상태로 되돌리기가 거의 불가능하다고 합니다. 그러니까 물질적 가난보다 정신적 가난이 훨씬 무섭기에 '호랑이 굴에 물려가도 정신만 차리면 산다.'는 속담까지 생겨났을 겁니다.

노자(老子)가 위나라에서 머물 때 사나흘씩 밥을 굶고 10년 동안이나 옷을 만들어 입지 못해 이불로 몸을 가릴 만큼 곤궁한 처지였다고 합니다. 그러함에도 불구하고 이불을 뒤집어 쓴 채 늠름하게 앉아서 책을 읽곤 했는데 그 소리가 천지에 가득했다고 합니다. 비록 벌거벗을 정도로 물질은 궁핍하지만 정신까지 피폐하지 않으려고 발버둥을 쳤던 것이지요.

아무쪼록 물질이 부족해서 어려움을 겪는 이웃에겐 관심을 베풀고, 정신이 피폐해서 소외당하고 있는 이웃에겐 사랑을 베풀어야 하겠습니다. 그리고 내 자신의 마음에서 행복과 긍정을 불러내어, 정신적으로 부유한 삶을 살기를 바라는 것이 '세계 가난한 이들의 날'을 선포하신 교황님의 뜻일 겁니다.

돌도 나라를 걱정하다

　밀양 재약산 기슭에 자리한 표충사(表忠寺)는 그 이름부터가 특이합니다. 나라에 충성하는 마음이 겉으로 들어난다(表忠)는 뜻이니 말입니다. 사실 표충사는 임진왜란 당시 승병을 이끌고 왜적과 싸워 큰 전과를 올린 사명(四溟)대사를 낳아 기르고 그에게 승병을 양성하는 훈련장으로 내어주었다가 사명이 죽어서는 그의 구국혼(救國魂)까지를 끌어안고 있는 충혼사찰입니다. 법당 앞에 있는 우화루(雨花樓)에는 사명대사가 임진왜란 당시 승병을 이끌고 왜적과 맞서 싸웠던 10년간의 진중일기『분충서난록(奮忠抒難錄)』목판을 비롯하여 입었던 옷과 찬그릇과 그가 일본에 건너가 도꾸가와 막부와 강화조약을 체결하고 귀국할 때 선물로 받아온 연화발우(蓮花鉢盂) 등의 유물이 전시되어있습니다. 또한 우화루 옆에 있는 표충서원에는 임진왜란 당시 승병장으로 활약하여 훗날 임란삼충승(壬亂

三忠僧)으로 추존된 서산(西山), 사명(四溟), 기허(騎虛)
스님의 영정을 모시고 있어 충혼사찰로 불리고 있습니다.

그곳에 임란삼충승의 행적을 담은 표충비라는 비석이 있
는데 나라에 큰 일이 있을 때마다 그 빗돌에서 마치 땀을
흘리듯 물방울이 흘러내린다는 것입니다. 직접 보지는 못
했지만 언론사에서 촬영한 동영상 등에 확연히 드러나더
군요. 이러한 현상은 1894년 동학농민운동이 일어나기 7
일 전에 처음으로 발견된 뒤 6.25 전란을 비롯하여 나라에
큰 변고가 있을 때마다 물방울을 흘린 것이 지금껏 40여회
나 된다고 합니다. 그런데 어제도 약 1리터 정도의 물방울
이 흘러내렸다는 보도를 보고 이번에는 대체 무슨 조짐을
예고하는 것인지 걱정이 앞섭니다. 부디 이 나라와 민족이
고통 받을 일들은 거두시고 평화롭고 행복한 삶이 이어지
도록 살펴주시기를 바랄 뿐입니다.

정신건강

　어느 부잣집 사모님이 시장에서 몇 천 원짜리 물건을 훔치다가 잡혔는데 알고 보니 절도행위가 한두 번도 아니고 상습적이었다는 보도를 보았습니다. 갖고 싶은 것이 있으면 얼마든지 돈을 주고 살 수 있는 부유한 형편인데도 훔치고 싶은 충동을 억제하지 못한다는 것인데 이런 병을 절도 중독증이라고 해야 하나요?

　우리 주변에는 이처럼 자신을 절제하지 못하고 술 담배 심지어는 마약에 집착하고 있는 중독환자가 꽤 있습니다. 또한 우울증이나 조현병 같은 정신결핍에 의한 묻지마 도발로 피해를 입는 경우도 종종 발생합니다. 이미 기원전 5세기부터 뇌와 관련된 정신질환에 대한 연구가 진행되었다는데 아직까지도 발병원인이나 치료법이 진전되지 못하고 있습니다. 하루 빨리 중독증이나 정신질환으로 고통 받는 사람이 없는 밝은 사회를 기다립니다.

끽다거 喫茶去

김장을 비롯해서 겨울 채비에 바쁜 이때 첫 추위가 성화를 부립니다. 이런 때에 따끈한 보이차 몇 잔 마시면 몸이 후끈 달아올라 몸에 달라붙으려던 감기나 잔병 따위도 멀찍이 달아난다고 합니다.

一碗喉吻潤 兩碗破孤悶

차 한 사발에 목과 입술이 적셔지고, 두 사발에 답답함이 풀리네.

三碗搜枯腸 唯有文字五千卷

세 사발에 모자란 머리에서 책 오천 권이 떠오르고

四碗發輕汗 平生不平事 盡向毛孔散

네 사발에 가벼운 땀 흘러 평생의 불평이

모두 땀구멍으로 흩어지네.

五碗肌骨散淸 六碗通仙靈

다섯 사발에 살과 뼈가 가벼워지고,

여섯 사발에 신선의 영혼과 통하고

七碗吃不得也 唯覺兩腋習習清風生

일곱 사발을 다 마시기도 전에

겨드랑이에서 시원한 바람이 이는 듯하니

蓬萊山 在何處 玉川子 乘此清風欲歸去

봉래산이 어디메뇨? 옥천자여! 바람 타고 그곳이나 가자꾸나.

　당나라 때 노동(盧仝)이라는 시인이 쓴 칠완다시(七碗
茶詩)라는 글입니다만 차를 즐기면 몸과 마음이 맑아지고
면역력이 상승하여 건강하게 오래 살 수 있다고 합니다. 이
글의 제목으로 삼은 '끽다거(喫茶去)'라는 말을 평생의 화
두로 삼고 누가 찾아오든 '차나 마시고 가라(喫茶去)'며 차
를 권했던 조주선사는 120살 까지 살았는데도 죽는 순간까
지 육신과 정신이 해처럼 맑았다고 합니다.

행복시간 늘리기

　의식주는 우리의 생명을 유지시켜 주는 방패이며 우리의 품위를 나타내는 수단과 방법입니다. 그 중에서도 먹는 것은 건강뿐 아니라 생명의 보루이기도 하지요. 그런데 저는 이처럼 중요하고 즐거움을 주는 밥상을 차려놓고도 무엇에 쫓기듯 허겁지겁 먹어치우는 편입니다. 건강에 나쁜 습관임을 알고 있고, 음식을 먹을 때는 최소 30번 이상 씹어 먹으라는 권고도 많이 듣지만 쉽게 고쳐지지가 않아요.

　치아가 성치 않은 사람이 갈비를 먹을 때 침만 묻혀 꿀꺽한다더니 무엇이든 우물우물해서 삼켜버리고 마는 사람이 의외로 많더라고요. 제 아내도 치아가 부실합니다. 그러나 다행한 것은 우물우물 삼키지 않고 오래 씹는 편이라 식사시간이 더딥니다. 그런 아내와 달랑 둘이 살면서도 저만 후딱 먹고 일어나는 경우가 다반사였으니….

　이제부터라도 아내와 식사보조를 맞춰주기 위해 식탁에

앉아있는 시간을 5분만이라도 늦춰보려 합니다. 별게 아닌 것 같지만 식사시간을 5분만이라도 늘리면 건강에도 도움이 되고, 먹는 즐거움도 만끽할 수 있고, 아내와 마주앉아 도란대는 행복시간도 5분 더 늘어나겠지요. 이 정도면 엄청 수지맞는 일 아닙니까?

제 3의 미세먼지, 담배

미세먼지에 매연에 황사까지, 각종 공해물질의 창고라고 비난받는 중국에 또 하나의 공해를 배출하는 거대한 굴뚝이 있습니다. 다름 아닌 담배연기인데 중국 사람들이 피우는 담배가 세계인구 전체 소비량의 1/3을 차지한다고 합니다. 우리 정부도 오래 전부터 백해무익한 담배의 소비를 줄이기 위해 금연정책을 강화해가고 있는데 처벌을 높일수록 흡연자들의 불만도 커지고 있습니다.

담배는 술이나 마약보다 중독성이 훨씬 강해서 금연을 실천하기가 무척이나 어려운 모양입니다. 옛날 오스만제국의 무라드 4세는 담배피우는 사람을 몹시 증오하여 금연령을 내리고 흡연자 3만여 명을 색출하여 처형을 했는데도 담배소비가 줄어들지 않았답니다.

우리나라에 처음으로 담배가 들어온 것이 임진왜란 때 왜병들에 의해서라지요? 그리고 문헌에 처음으로 소개된 것은 1614년에 발간된 이수광의 『지봉유설』에 의해서라는 군요. 그 뒤 한동안은 만병통치의 신비한 약초로 알려져 남녀노소를 가리지 않고 거의 모든 백성이 담배를 피웠으며, 심지어 두어 살 먹은 아이들에게도 담배를 피우게 했다고 합니다. 그뿐 아니라 임금과 신하가 맞담배질을 하고, 서당의 훈장과 학동들이 맞담배를 피우는 문란지경에 이르렀는데 그를 못마땅하게 여긴 광해군이 어른과 아이들이 맞담배질 하는 것을 금함으로써 담배로 인한 사회문란을 막았다고 합니다.

우리가 두려워하는 미세먼지나 굴뚝매연보다 훨씬 해롭다는 담배연기를 왜 돈까지 줘가며 일부러 들이키는 걸까요. 남들에게도 엄청난 피해를 주고 내 몸에도 치명적인 담배! 끊어야 하지 않겠어요?

가을의 끝자락에서

　겨울철의 반양식이라는 김장을 어제 했습니다. 빚을 내서라도 추위를 몰고 온다는 소설이 오늘이어서 걱정을 많이 했지요. 아내는 약골이고 저는 일에 서투른데 추위까지 몰려오면 큰일이다 싶었지요. 그러나 다행히 김장하기에는 좋은 날씨여서 고생 없이 잘 마쳤습니다. 게다가 마늘밭도 덮어 놓고, 밖에 있는 수도꼭지도 보온을 해놓았으니 동장군이 찾아오든 한파가 밀려오든 걱정을 덜었네요.

　시월은 맹동(孟冬)이라 입동(立冬) 소설(小雪) 절기로다 / 나뭇잎 떨어지고 고니 소리 높이 난다 / 듣거라 아이들아 농사를 마쳤으니／남은 일 생각하여 집안 일도 마저하세 / 무우 배추 캐어 들여 김장을 하올 적에 / 앞 냇물에 정히 씻어 염담(鹽淡)을 맞게 하소 / 고추 마늘 생강 파에 젓국지 장아찌라

농가월령가 중 시월 령의 전반부에 나오는 가락처럼 농사를 끝낸 농촌에서는 김장을 마무리하는 농한기에 들어갑니다. 이때가 대개 음력으로 시월 그믐 무렵인데 옛날에는 그믐날을 회일(晦日)이라고 했다지요? 그런데 이 그믐을 뜻하는 '晦' 자를 보면 해를 의미하는 '日'과 늘 또는 언제나를 의미하는 '每'자를 합친 것으로 '달이 해에 늘 가려있는 날'이라는 뜻글자가 성립됩니다. 초하루를 뜻하는 '삭(朔)'도 달(月)이 다시 거슬러(屰) 떠오른다는 뜻이라니 재미있는 글자들입니다. 이제 길고 긴 겨울밤이 시작되는 동짓달이 내일 모레이니 어느새 가을의 끝자락입니다.

태양계의 끝

　지금으로부터 40여 년 전인 1977년 9월 5일, 미국 우주기지인 NASA에서 태양계 너머의 공간까지 탐사할 목적으로 발사한 우주탐사선 보이저호. 지금까지 140억km를 날아갔는데도 앞으로 얼마를 더 가야 태양계의 끝에 다다를지 모른다고 합니다.

　불교에서는 우주를 욕계(欲界), 색계(色界), 무색계(無色界)로 구분하고 있더군요. 인간이 살고 있는 지구를 욕계, 태양이 지나는 공간을 색계, 태양보다 더 먼 공간을 무색계로 정의하고 있는 것으로 알고 있습니다. 그렇다면 우주탐사선 보이저호가 날아가고 있는 태양계가 곧 색계인데 그 끝까지 날아가는 중이라니 과학의 영역이 대체 어디까지 미칠 것인지, 또 그 탐사의 결실이 우리 인간생활에 어떠한 영향을 줄지 궁금합니다.

　여하튼 그 탐사선에는 한국어를 비롯한 55개국의 언어와 베토벤, 바흐, 모차르트의 음악까지 복사된 황금 레코드판이 실려 있다고 하네요. 혹시 외계인을 만나면 그들에게 들려주기 위해서 준비한 것이라는데 우리가 상상만 하고 있는 외계인의 실체가 드러날 수 있겠다는 기대가 큽니다. 우주과학과는 태양계만큼이나 거리가 먼 농사꾼이지만 풍년과 흉년이 천지조화로 결정되기에 태양계에도 관심을 갖게 됩니다.

한가한 날

  며칠 전, 김장도 하고 월동준비마저 대충은 끝낸 터라 마음이 한가하던 차에 아침부터 빗방울이 부슬대니 더욱 한가합니다. 하여 한자공부도 하고 문장공부도 할 겸 한시(漢詩)를 뒤적이다가 중국 남송시대의 정치가이자 시인인 범성대(范成大)의 '겨울비(寒雨)'라는 시를 번역해보기로 했습니다. 입동 지난 지가 보름도 넘었으니 밖에 오는 비도 겨울비일 테고 방안에도 겨울비를 펼쳐놓은 셈인데 변변치 못한 한자 실력으로 번역을 하다 보니 끙끙대기만 하다가 하루를 보내고 말았습니다.

    何事冬來雨打窓 하사동래우타창
    夜聲摘摘曉聲淙 야성적적효성종
    若爲化作漫天雪 약위화작만천설
    徑上孤蓬釣腕江 경상고봉조만강

겨울비는 무슨 일로 창문을 때리는가?

밤에는 물방울 부딪는 소리더니 새벽에는 물줄기 흐르는 소리

만약 그 물로 하늘이 눈을 만들어 질펀하게 내린다면

외로이 배에 올라 저녁 강에 나가 낚시나 하련다.

냉장고

"여보! 당장 먹을 거 아니면 제발 아무것도 사오지마세요."

"남 탓 말고, 냉장고에 뭘 넣어두면 생전에 꺼내먹지 않는 당신 잘못 아냐?"

김장김치를 보관하려고 냉장고를 정리하면서 저희 부부가 나눈 네 탓 타령입니다. 강화도로 들어와 살면서부터 시장 보는 건 제 담당이다시피 합니다. 그런데 언제 사다 쌓아둔 것인지, 또한 내가 농사지은 것을 포함하여 냉장고 안에는 블루베리, 체리, 사과, 배, 자두, 검은깨, 검은콩, 잣, 밤, 포도, 무슨 즙 종류, 황기, 말린 버섯, 굴비새끼, 돼지고기 등 한도 끝도 없이 나오더라고요. 할 수없이 오래된 꾸러미를 골라 몽땅 버리고 말았습니다.

달랑 두 내외뿐이니 먹어봐야 얼마나 먹겠어요. 삼시세끼 밥 먹을 때마다 물밖에는 별로 내키는 게 없는 입맛입니다. 나이가 드는 만큼 먹는 양도 줄어들기만 해서 그런지 이것저것 사 나르다 보면 냉장고가 병목현상을 일으키곤 합니다. 선풍기와 함께 백여 년 전부터 사용하기 시작했다는 냉장고는 식중독예방에 큰 도움을 주는 문명의 이기가 분명하지만 무슨 식품이든 너무 오랫동안 보관해두면 변질이 되고 맙니다.

국화향도 떠나고

  농가월령가 11월령에 '십일월은 중동(仲冬) 이라, 대설
동지 절기로다/바람 불고 서리치고 눈 오고 얼음 언다.'라
는 구절이 있는데 오늘이 바로 음력 동짓달 초하루네요. 무
서리는 거뜬하게 견뎌내며 해맑기만 하던 국화송이가 된
서리 찬바람에 속절없이 고개를 꺽고 말았으니 오상고절
(傲霜孤節)의 도도한 향기도 흘러가는 세월 앞에서는 어
쩔 수 없음을 봅니다. 다만 '花落無言 人淡如麴'이라, '떨
어지는 꽃잎은 말이 없고, 사람의 마음은 국화처럼 담박하
다'는 옛 시인의 노래처럼 담백하고 온유한 마음으로 겨울
을 맞는다면 얼마나 포근한 세상이 되겠습니까.

추수감사절과 칠면조

스페인의 세비야 대성당엘 가보았습니다. 유럽에서 세 번째로 크다는 건물인데 외형보다는 내부에 있는 제대(祭壇) 뒷면 장식의 호화로움은 넋이 나갈 정도로 찬란했습니다. 1.5톤의 황금으로 장식되었다니 얼마나 눈부신 위용일지 짐작이 되겠지요. 또한 세비야 대성당의 상징이라 할 수 있는 98m 높이의 히랄다 탑도 대단하지만 성당 안에 안치된 콜럼버스의 유해가 들어있는 관! 네 명의 거인 조각상 어깨 위에 얹혀있는 콜럼버스의 관이 왜 그의 고국인 이탈리아가 아닌 스페인 성당에 안치되어 있는지 까닭을 아시나요?

콜럼버스가 탐험을 시작할 때 항해의 출발지가 세비야 항구였다고 합니다. 그 뒤 북아메리카를 발견하고 거기에서 막대한 재물과 칠면조를 가지고 다시 돌아왔던 것이지요. 그리고 재물을 풀어 세비야를 유럽에서 제일가는 문화예

술의 도시로 만들었으며 칠면조를 풀어 전 세계에 퍼지게
한 은혜를 잊지 않고 콜럼버스가 죽은 뒤에 그 유해를 안치
했다는 것입니다.

　제가 칠면조를 처음 본 것이 몇 살 때인지 정확하지는 않
지만 익숙하지 않은 울음소리와 머리에서 목까지 늘어진
벼슬모양이 엄청 징그러웠다는 기억은 또렷합니다. 우리
는 교회에서나 간단한 추수감사절을 지내지만 서양에서는
11월 네 번째 목요일부터 4일 동안을 모든 이들의 축제로
즐기고 있습니다. 이 4일 간의 축제기간 동안 미국에서만
무려 5천여만 명이 고향이나 친지를 찾아 이동한다는데 이
때 빼놓을 수 없는 것이 칠면조요리랍니다. 추수감사절에
미국에서 소비되는 칠면조가 4천 5백여만 마리나 되기에
칠면조데이 라고도 하는 추수감사절은 우리의 명절과 같
은 분위기지요.

　저는 호프집에서 훈제 칠면조를 몇 번 먹어보았기에 아내
에게 맛을 보았느냐고 물었더니 기억이 없다며 이번 성탄
에는 오븐에 구운 맛이 어떤지 먹어보자고 합니다. 칠면조
얘기를 괜히 꺼낸 것 같아요.

돼지의 은총

남녀 간에 약간의 차이는 있지만 2019년 현재 60대인 사람들이 앞으로 생존할 것으로 기대되는 생존연수 즉, 평균 기대수명이 82세라고 합니다. 그런데 그 60대가 태어났을 무렵인 1960년 대 초만 해도 당시 국민평균수명이 52세였답니다. 그러니까 오늘의 60대들은 30년이나 더 생명이 연장되는 은총을 받은 셈입니다.

한국인들의 수명이 이처럼 획기적으로 늘어나기 시작한 것이 1960년대부터라고 합니다. 박정희 정부의 근대화바람이 몰아치면서 수명이 늘어나기 시작했는데, 60년대 초만 해도 52세에 불과했던 평균수명이 60년대 말에는 58세로 늘어났더군요. 그런데 이러한 은총을 베푸신 이가 하느님도 아니고 부처님도 아니고 다름 아닌 돼지라는 거예요. 무슨 얘기냐 하면 1964년부터 1966년까지 4만 명에 이르는 우리 군인들이 월남전쟁에 파병되었을 때, 정부에서는 파월장병 가족에게 씨돼지 한 마리씩 나눠주며 기르게 했던 것을 기억하시나요? 그 당시 4만여 마리의 씨돼지가 전국에 보급되어 사육되었고, 그것들이 대를 물려가며 새끼를 증식하는 바람에 60년대 말쯤 부터는 어지간하면 돼지고기를 먹을 수 있게 되었던 것입니다. 그 전에는 명절이나 되어야 구경할 수 있던 것이 갑자기 흔해지자 잔뜩 밀어 넣고는 설사병에 걸려 왼 종일 통싯간만 드나드는 사람도 흔히 볼 수 있었지요. 기름기를 구경도 못한 궁핍한 뱃속에 갑자기 돼지기름을 잔뜩 밀어 넣어버리니 탈이 날밖에 없었던 것입니다. 여하튼 그때부터야 고단백을 섭취할 수 있었고, 그때부터야 비로소 국민수명이 늘어나기 시작해서 지금의 백세시대를 맞이하게 된 겁니다.

요즘의 농촌에서는 두서넛만 모여도 삼겹살이나 보쌈이 지글대잖아요? 하지만 저는 돼지고기든 쇠고기든 육류를 싫어하는 담박한 아내 덕에 대체로 밖에 나가 고기 맛을 봅니다. 그리고 그런 사정을 알고 있는 이웃에서 고기를 구울 때마다 불러주시곤 해요. 두어 달 전입니다만 우리 동네에서 쇠귀신처럼 일만 하기로 소문난 임 모 씨가 부르기에 갔더니 돼지고기를 굽고 있더군요. 소주 한잔씩 들이켜고 삼겹살 한 점 입에 넣은 임 모씨가 오돌뼈에 이빨이 부러지는 황당한 일도 겪었고요.

엊그제도 동네 몇 분과 돼지고기 두루치기에 막걸리 한잔씩 하던 중에 저보다 3년 선배인 이 모 씨가 또 억! 하더니 이빨이 부러졌다며 손바닥에 뱉어내는 거예요. 알고 보니 20여 년 전에 보철했던 부위가 떨어진 거라서 좌중이 박장대소를 하는 해프닝도 있었습니다. 이제는 조그만 충격에도 치아가 견디지를 못합니다. 질긴 음식, 딱딱한 음식, 뼈 있는 음식은 조심해야할 나이가 된 것이지만 그럴수록 돼지의 은총을 자주 받아야 할 것 같습니다.

기러기 이야기

요즘 제가 살고 있는 강화도의 들과 하늘은 온통 기러기 떼로 덮여있습니다. 시베리아에서 봄과 여름을 보내고 가을이 되면 주요 월동지인 강화로 날아드는 것인데 그 개체수가 수십만 마리나 된다고 합니다.

鴻雁遇成文字去

기러기는 우연히 문자를 이루며 날고

鷺鷥自作畫圖飛

해오라기는 스스로 그림을 그리며 난다

백운거사 이규보의 '감로사(甘露寺)'라는 칠언절구 일부를 옮겼습니다만 기러기가 무리를 지어 날아갈 때의 모습이 마치 사람 '人'자와 같기에 '문자를 이루며 난다'고 표현했을 겁니다. 그러나 기러기하면 암컷과 수컷의 부부금슬이 좋기로 조류 중에서 제일이라 짝을 잃으면 죽을 때까지 외로이 홀로 산다고 합니다. 그래서 홀아비나 홀어미의 외로운 신세를 '짝 잃은 기러기'에 비유하는 것이겠지요. 또한 전통혼례상에 나무로 깎은 기러기를 올려놓는 풍습도 신혼부부가 기러기처럼 금슬 좋게 백년해로하라는 기원이 담겨있습니다. 그 나무기러기를 '목안(木雁)'이라고 하고 전통혼례식을 '전안례(奠雁禮)'라고도 했습니다. 그리고 남의 형제를 높여 부를 때 '안행(雁行)'이라고 하는데, 기러기가 늘 의좋게 날아다니는 데서 유래한 말이라고 합니다. 그러고 보니 우리 인간들이 기러기에게 배울 점이 많네요. 특히 기러기는 150년 이상 장수하는 새로 알려져 있으니 그 비결도 꼭 배워야겠지요.

대구탕

칠천도라고 들어보셨나요? 거제도의 부속 섬인데 제가 사냥에 입문한 뒤 처음으로 유해동물 포획단에 참여해서 고라니를 잡았던 섬이기도 합니다. 또한 임진왜란 당시 처절한 전투가 벌어졌던 역사의 섬이기도 하지요.

오래전의 얘기입니다만 그 섬으로 사냥을 갔다가 식당에 들러 난생 처음 물메기탕을 접하게 되었는데 맛이 얼마나 개운하던지 건조한 물메기까지 한꾸러미 사왔었지요. 또 겨울의 문턱에 들어설 때마다 새록새록 그리워지는 음식이 있습니다. 거제도 외포항에서 먹어본 대구탕인데 마치 아이스크림처럼 시원하고 부드럽고 달콤한 맛이 정말 일품이더군요. 녹산공단에 붙어있는 용원항도 대구탕이 맛있기로 소문난 곳이지만 지금쯤의 남쪽지방 해안일대는 대구탕 끓이는 냄새와 그것을 맛보러 온 인파로 북새통을 이룰 것입니다.

또한 남해안 일대의 마을들은 집집마다 햇볕 좋은 마당에 기다란 줄을 늘여놓고 대구를 즐비하게 걸어놓은 풍경이 장관을 이룹니다. 그렇게 해서 말린 건대구를 사다가 처마 밑이나 베란다에 매달아 두고 술 한 잔 할 때마다 칼로 조금씩 저며 안주를 삼는다는데 현대인으로서는 제법 호사스러운 풍류인 것 같습니다.

정신력

   사지가 불편한 어느 여성장애인 홀로 사는 집에 화재가 나서 마을사람들이 모두 뛰어나와 발만 동동 구르고 있을 때, 살아나오지 못할 것으로 생각했던 장애인이 재봉틀을 들고 뛰쳐나왔다는 얘기를 들었습니다. 자유롭게 행동할 수 없는 장애가 있으면서, 그것도 연약한 여성이 위급한 상황에 놓였을 때 초인적인 힘을 발휘했다는 것은 참으로 놀랍고 감동적인 일이었습니다.

   개인이나 단체, 또는 어느 집단이든 어떠한 동기가 만들어지면 무의식적으로 초인적인 정신력을 발휘하여 난관을 극복할 때가 있습니다. 좋은 예로 베트남 국가대표 축구팀을 꼽을 수 있을 겁니다. 베트남 국민들은 인도네시아를 숙적으로 여기고 있지만, 국가의 자존심이 걸린 축구대회에서 인도네시아에 번번이 패하기만 했습니다. 그러다가 박항서 감독이 베트남 대표 팀 사령탑을 맡은 뒤에야 인도네시아 팀에 역전승을 거두고 동남아대회 우승컵을 거머쥘 수 있었지요. 그로 하여 베트남의 영웅이 된 박항서 감독이 우승소감으로 남긴 "이것이 베트남 정신이다."라는 짤막한 멘트에 베트남 전체가 열광하던 모습을 우리는 기억하고 있습니다.

그때 베트남 국민들이 그처럼 열광했던 까닭은 박 감독의 멘트가 베트남 국민정신을 되살려주었기 때문일 것입니다. 베트남 국민들의 용기와 자존심을 되살려주었기 때문일 것입니다. 베트남 국민들의 자신감과 도전정신을 되살려주었기 때문일 것입니다. 그러한 박항서 감독을 자랑스러워하는 것은 당연한 일이지만 우리도 스스로에게 '이것이 나의 정신이다.'라고 채찍하면서 자기계발의 동기로 삼는다면 한층 업그레이드된 인생을 살아갈 수 있지 않을까요?

손자와 첫날밤을

서울에 살고 있을 때 같은 아파트 옆 동에 사는 아들에게 새벽녘 전화가 왔어요. 며느리가 산달이어서 혹시나 했더니 역시나 '길 건너 병원인데 밤에 지은이가 제왕절개로 아이를 낳았어요.' 하여 아니 옆 동에 살면서 병원에 가는데 얘기도 없이 그것도 제왕절개 수술을 하였다는데 둘이서 결정하고 수술을 했다니…. 부랴부랴 내외가 병원으로 달려가 보니 며느리의 산통보다 강보(襁褓)에 싸여 답답해하는 손자 녀석이 더 힘들어하는 것 같았습니다.

먼발치에서 신생아실에 있는 손자를 보고 며느리에게 수고했다는 고마움을 표하며 옆집에 살면서 얘기도 없이 수술을 하냐고, 사돈이 아시면 얼마나 서운해 하시겠냐고 기쁨의 투정을 해봤지만, 그냥 실실 나오는 웃음 때문에 노여운 감정은 실리지 못했는데, 사돈 내외도 달려오셔서 함께 강보에 엄마 이름이 쓰여 있는 손자를 안아보는 순간의 희

열은 사돈 내외를 보기가 민망할 정도로 격한 감정몰입을 했다는 아내의 얘기가 있었어요.

손자는 건강하게 잘 자라주었고 젖니를 뽑았다는 얘기를 들었을 때는, '이젠 다 컸구나' 하는 감사의 생각에 얼마나 대견하고 뿌듯했는지 모릅니다. 그래서 저는 어서 빨리 금지옥엽 손자를 끌어안고 하룻밤같이 자보고 싶은 생각이 간절한데, 우리 집에 와서 잘 때도 우리가 아들네 집에 가서 잘 때도 할아버지와 같이 자자고 하면, 할머니 할아버지 저희 엄마 아빠 다섯 식구가 한방에서 자야 한다고만 하니 그럴 수는 없었지요.

그러던 중 동갑내기인 바깥사돈이 황망하게 하늘나라로 가시는 바람에 상주가 된 아들 내외가 빈소를 지키는 동안 유치원 다니는 손자를 돌보게 되었지요. 유치원이 끝나고 외할아버지 빈소에 데려가면서 얘기를 해주고 영정에 인사를 시키니 '할아버지 사랑해요'해서 놀랐어요.

할머니 할아버지와 이런 뜻하지 않은 일로 손자와 처음 같이 잤는데, 상중(喪中)이라서 좋았다는 감정보다는 녀석이 언제 또다시 할아버지와 같이 잘 것인지는 기약이 없지만, 우리 장손자이니 대문과 가슴은 언제나 열어놓아야죠.

공해물질

인구가 팽창하면서 산업폐기물에 생활 쓰레기에 각종 공해물질이 얼마나 많이 배출되는지 그 모두를 처리할 능력이 한계를 넘어섰다고 합니다. 그러니 어쩌겠습니까.

어디를 가도 쓰레기가 나뒹굴고 있으니 사람의 생명과 직결되는 물도 썩어가고, 공기도 탁해지고, 심지어 바다속에도 수은을 비롯해서 미세 플라스틱이 엄청나게 떠다니며 해양생물의 목숨을 위협하고 있는 실정입니다.

더욱 충격적인 것은 얼마 전 태국에서 까닭 없이 죽은 사슴을 해부했더니 무려 70여kg이나 되는 플라스틱 쓰레기가 뱃속을 가득 채우고 있더랍니다.

이처럼 인간들이 버린 공해물질을 먹이로 알고 뱃속을 채웠다가 죽어가는 동물이 부지기라고 하니 우리 인간들의 죄가 실로 큽니다. 인간이 함부로 버린 쓰레기에 지구

생태계가 무차별 파괴되는 것을 방치한다면, 머지않아 인간의 생존환경마저 파괴되는 결과를 초래하고 말겁니다.

3부
끝이 좋으면 다 좋다

끝이 좋으면 다 좋다

　삶! 너무 무거운 말인가요? 어학사전에서는 삶을 '태어나서 죽을 때까지 살아가는 일'이라고 했더군요. 하지만 어느 연구소에서 삶에 대한 인식도를 조사했는데 '살아가는 것이 아니라 견뎌내는 것'이라는 답이 가장 많았다고 합니다. 세상을 살아가기가 형벌이나 고행을 견디는 것처럼 힘들다고 생각하는 사람이 많다는 얘기 아닌가요?

　어제 받은 새해 달력을 들여다보며 저물어가는 올 한해의 내 삶이 어떠했는지 돌아보았습니다. 얼룩도 있고 아픔도 있는 굴곡진 삶이었습니다. 무엇 하나 내 마음대로 된 게 없었는데도 남들에겐 약점을 보이지 않으려고 애를 쓰기도 했고요.

　요즘 들어 신년계획을 세웠느냐는 질문을 더러 받고 있는데, 글쎄요. 새해가 되려면 아직 20여 일도 더 남았고, 막바지에 접어든 올해나마 잘 마무리할 수 있는 계획이 우선일 것 같습니다. 별로 이룬 것은 없으나 '끝이 좋으면 다 좋은 것이다.'라는 셰익스피어의 말처럼 한 해의 끝을 좋게 마무리하는 게 중요하다는 생각입니다.

누구의 삶이든 순간순간마다 나름대로의 가치가 있고 의미가 있을 것입니다. 따라서 내 삶은 내가 아우르고 사랑해야겠지요. 한 해 동안의 삶이 무거웠다면 마음을 내려놓고, 삶이 허술했다면 마음을 다잡아야겠지요.

저의 새해 계획은 나 자신을 사랑하기로 정하려 합니다. 나를 사랑하는 사람은 남에게 비난받을 짓을 하지 않기 때문입니다. 나를 사랑하는 사람은 남에게 늘 겸손하기 때문입니다. 나를 사랑하는 사람은 자존심을 지킬 수 있기 때문입니다. 그리고 늘 온유한 삶을 추구한다면 인생의 끝이 좋을 것이기 때문입니다.

지오나 차나

　인도의 어느 남자가 180여 명이나 되는 엄청난 가족을 거느리고 있다는 해외토픽을 보고 놀랐는데, 도대체 믿기는 일인가요? 대가족을 넘어 부족이라고 해야 할 판인데 그 구성원을 보면 39명의 아내와 94명의 자녀, 그리고 며느리와 손자 손녀가 50여 명이나 된다는 것입니다. 아직 미혼인 자녀들이 모두 짝을 맺는다면 얼마나 많은 가족이 더 늘어날지 예측할 수도 없네요.

　더욱 놀라운 것은 그 엄청난 가족이 100여 개의 방이 딸린 독립아파트에서 집단생활을 한다는 것이고, 39명의 여인들이 순번을 정해놓고 차례가 되었을 때에나 남편과 잠자리를 갖는다는 것입니다. 그러니까 40일 정도를 기다려야 남편과 하룻밤을 보낼 수 있다는 계산인데, 어떠한 사내인지 몰라도 매일 밤마다 번갈아가며 여인과 잠자리를 하려면 죽을 맛일 겁니다.

세계 최대 뉴스채널인 CNN방송 보도에 따르면 그 사내가 교주노릇을 하는 무슨 종파의 교리가 일부다처(一夫多妻)이기에 여러 여자를 거느리고 있다고 합니다. 하지만 아무 여자나 들이는 게 아니고 아주 가난한 여자만 아내로 삼는 일종의 구제사업이라고 생각하는 것이지요. 그러나 사내 자신이 건설노동자로 일하는 어려운 처지라 여인들에게 각자의 생업을 맡겨 스스로 살아갈 수 있도록 하면서도 식사는 모든 가족이 한자리에 모여 함께 하고 아침체조도 함께 한다는 것입니다.

　고작해야 두세 명도 먹여 살리기 힘들다며 결혼도 하지 않고, 자식도 낳지 않는 젊은이들이 부지기인 우리 입장에서 보면 세상에나! 180여 명이나 되는 엄청난 가족을 일사불란하게 거느리고 있는 이 사내가 참으로 대단하다는 생각이 드는데, 그 사내의 이름이 바로 '지오나 차나'라고 합니다.

귀에 대한 관상학

　무슨 철학이다, 명리학이다 하며 사주나 관상으로 사람
의 운명을 판단한다는 이들의 얘기를 들어보면 귀의 생김
새에 따라 삶의 궤적이 다르다고 합니다. 예를 들어 귓바퀴
가 통통하면 부유하게 살고, 귓바퀴가 눈꼬리 밑에 붙어있
으면 고위직에 오르고, 귓불이 부처님처럼 길게 늘어져 있
으면 오래도록 장수한다는 식이지요. 그러나 서양에서는
귀가 크거나 두툼하면 지혜롭지 못한 사람으로 취급을 받
는다니 동서양의 관상학이 많이 다른 모양입니다.

　사람의 귀는 죽을 때까지 자란다고 합니다. 아주 조금씩
이겠지만 변해간다는 얘기지요. 그래서 나이가 많이 드신
분들의 귀를 보면 대체로 크다는 느낌을 받는 모양입니다.
그래서 어르신들에게 '귀가 크시니 복도 많이 받으시고 장
수하시겠습니다.'라는 덕담 문화가 생겨났을 수도 있습니
다. 그러나 창조주께서 우리에게 귀를 주신 까닭은 다른 사

람의 이야기도 듣고, 자연의 소리도 듣게 하기 위함이 아닐까요? 귀를 통해 이웃과도 소통하고 자연과도 소통하라는 배려인 것이지요. 그렇다고 해서 아무 이야기나 듣는 귀가 아니라 옳은 이야기만 듣고 아름다운 소리만 들을 줄 아는 귀가 정말 좋은 귀이겠지요.

어머니의 선물

어머니!
간밤에 어머니가 소복하게
보내주신 흰 눈
잘 받았어요.

어머니 계신 자리도
엄동에 얼어붙어
몸도 마음도 시리실텐데
어머니나 포근하게
덮고 계시지
왜 저희에게 보내셨어요.

어머니!
며칠 전 제 바깥사돈이

어머니 계신 나라로
거처를 옮기셨는데
아마도 그곳에서 자리를 잡고나면
어머니를 찾아뵐 거예요.

어머니!
눈길을 밟을 때
뽀드득 소리가 나는 건
왜 그래요?
저는 아직도
어머니에게 배울게 너무 많아요.
어머니에게 묻고 싶은 게 너무 많아요.

그래서 어머니 손길이
더욱 그립습니다
저는 지금도 어머니의
따듯한 품이 더욱 그리운 아이입니다.

어머니!
눈길위에 서니
더욱 그립습니다.

빈민촌의 대부 빈첸시오 보르도 신부

　지금은 청계천이 관광명소가 되었지만 옛날에는 종로 네거리에서 을지로 네거리를 연결하는 광통교에서 신답동까지 10여km에 달하는 청계천변 양쪽이 무허가 판잣집으로 가득했었습니다. 그랬던 것을 1960년대 초, 도시개발사업에 밀려 강제철거가 시작되었는데 당시 철거된 판잣집이 무려 2만여 가구나 된다고 합니다. 그중 일부가 성남시 변두리로 강제이주를 당했는데, 그들로 하여 지금의 모란시장이 형성되기도 했지만 성남하면 빈민촌이라는 달갑지 않은 대명사가 따라붙기도 했습니다.

　그리고 1990년, 남루하기 짝이 없던 이주민 정착촌에 자리한 신흥동성당에 보좌신부로 부임해온 빈첸시오 보르도 신부님, 당시 청년이었던 이탈리아 출신의 신부님이 일자리가 없어 밥을 굶고 있는 빈민들을 위하여 안나의 집이라는 무료급식소를 열었던 것입니다. 그러나 혼자의 힘으로는 줄지어 몰려드는 빈민들을 감당할 수가 없어 후원자를 찾아다녔지만 온갖 수모만 당하고 몸도 마음도 지쳐만 갔지요. 그리고 그러한 실정에 실망한 나머지 예수님의 고상에 삿대질을 해가며 "예수님! 도와주지 않으면 나도 가난한 사람 돕는 걸 포기하고 고국으로 돌아가 편히 살겠다."며 하소연도 하고 협박도 하였다니 얼마나 절박한 심정이었을까요?

당시 20대 청년이던 빈첸시오 보르도 신부님이 이제는 환갑을 넘어섰고 이름도 한국식으로 고쳐 김하종 신부로 개명까지 했는데 하느님의 종이라는 뜻이랍니다. 그리고 신부님이 어렵게 운영하던 무료급식소도 안정된 운영체제로 발전했다고 하니 반가운 일입니다. 다시 연말을 맞이하고 있습니다. 물질적으로나 정신적으로 위안을 받아야 할 분들도 보살펴드려야겠지만 김하종 신부님처럼 자신을 희생하며 어려운 분들을 돕는 봉사자들의 헌신을 잊어서는 도리가 아니라는 생각입니다.

어느 부자의 요트 yacht

　귀족이나 상류층의 전유물이었던 골프 승마 스키 등은 어느 정도 대중화가 되었지만, 요트는 아직 요원한 듯합니다. 올림픽종목에도 요트경기가 포함되어있는데 바다에서 펼쳐지는 유일한 종목으로 알고 있습니다. 그러나 경기를 진행하는 룰에 대해서까지 알고 있는 사람은 드물 거예요. 일반적으로 친숙한 경기가 아니거든요. 저도 텔레비전 화면을 통해서나 몇 번 구경한 것이 전부입니다.

　어저께도 러시아인 소유의 '슈퍼노트 A'라는 초호화요트가 부산항에 정박했다는 뉴스가 떴는데, 그 소유주가 세계에서 다섯 손가락 안에 들 정도로 어마어마한 부자라더군요. 그러나 원래는 부유층의 여가용으로 만들어진 게 아니라고 합니다. 17세기 무렵, 네덜란드에서 처음으로 제작되었을 때에는 물개나 바다표범 같은 바다짐승을 사냥하는 용도로 쓰였다고 합니다. 그래서 일반 배보다 작고 날렵하게 설계된 것인데, 그 기능이 발달하면서 바다를 유람하는 항해용이나 경주용으로 폭이 넓어진 것이지요.

하지만 가격이 엄청나게 비싸서 상류층의 과시용으로 변질되고 말았습니다. 러시아인 소유로 부산항에 정박하고 있는 슈퍼노트A라는 요트만 해도 그 가격이 3억 5천 달러! 우리 한화로는 4천억을 훌쩍 넘으니 저 같은 처지로서는 기절초풍할 일이지요. 아무리 돈이 많더라도 자기 혼자 즐기자고 그 어마어마한 돈을 쓸 수 있는 사람이 75억 세계 인구를 통틀어 몇 명이나 될까요.

오늘도 지구촌 어디에선가 먹을 것이 없어 굶어죽는 사람이 수 없이 많습니다. 아프리카의 경우만 해도 굶어죽는 사람이 하루에 2만 5천명 꼴이라고 하지 않습니까? 만약에 말입니다. 러시아의 부호가 호화요트 말고 인간의 생명을 긍휼히 여겼더라면 적어도 몇 천만 명의 목숨을 구해주었을 텐데 하는 아쉬운 마음을 지울 수 없습니다.

영웅호걸

광개토대왕, 김춘추, 왕건, 이순신, 나폴레옹, 알렉산더 같이 무공(武功)이 큰 인물들을 대체로 영웅호걸이라 하더군요. 하지만 저는 빌 게이츠나 스티브 잡스, 이병철, 정주영, 김우중 등 맨손으로 자수성가하여 글로벌기업으로까지 성장시킨 분들도 영웅호걸의 반열에 올려야 한다고 생각합니다. 왜냐하면 그들이 발휘했던 불굴의 도전정신과, 자아를 성취시킨 뛰어난 지혜와, 필요한 인재를 고르고 키워낸 예리한 판단력과, 시시각각 밀려드는 난관을 수없이 극복해낸 용기로 하여 인류 또는 우리 국민들의 삶의 질이 크게 향상되었기 때문입니다. 그들도 자신들의 인생 역시 빈손으로 왔다가 빈손으로 가는 것임을 모를 리 없었겠지요. 그러함에도 불구하고 잠시라도 나태하지 않으려고 비행기에서 기차에서 자동차에서 혹은 집무실 소파에 기대어 쪽잠을 자가며 동분서주했고, 식사시간도 아끼느라 컵라면으로 끼니를 때우는 날이 허다했다고 합니다.

특히 대우그룹을 일으켰던 김우중 회장은 틈만 나면 철학자도 만나고, 예술인도 만나고, 시인이나 소설가 등을 만나며 그들로부터 습득한 문학성 또는 예술성 같은 감성을 활용한 경영으로 세계적 기업으로까지 영토를 확장해 갔던 것입니다. 안타깝게도 IMF라는 거센 파도와 정치적 풍랑에 휩쓸려 좌초하고 말았지만 한국 산업발전에 기여한 업적마저 잊혀 지지는 않을 겁니다. 그 김우중 회장이 2019년 12월 9일 우리 곁을 떠났습니다. 재계는 물론 대다수의 일반 국민들까지 그의 타계를 애도하는 분위기인데 특히 부산지역에서는 수영만을 국제도시로 개발하여 부산의 지도를 바꾸고, 수출강국의 모태가 된 섬유산업을 일으켜 경제발전을 주도한 분이라며 추모하는 정이 남다르더군요.

그분에 대한 평가는 사람마다 다르겠지만 "세상은 넓고 할 일은 많다"는 화두로 젊은이들에게 꿈과 용기를 주고, 스스로 앞장서서 험난한 세계시장에 수출의 길을 개척해 간 우리시대의 영웅호걸인 것만은 분명합니다.

급할수록 돌아가라

산행을 하다 보니까 지난 가을에 쌓인 낙엽들이 잔뜩 말라서 밟히는 대로 바스락거리며 부서지더군요. 소방관으로 근무하다 정년퇴직한 분의 얘기로는 이맘때부터 내년 봄까지 걸려오는 화재신고 전화가 1년 치의 3/4에 가깝다고 합니다. 그리고 화재가 나서 119에 전화를 하면 연결되는 시간이 10초 정도가 걸리는데 너무 긴박하다보니까 그 10초를 참지 못하고 끊었다 다시 걸기를 반복하는 경우도 있어서 소방관들을 애타게 한다는 거예요.

왜 안 그렇겠습니까. 아무 일 없을 때의 10초는 눈 깜빡할 순간이지만 다급한 일을 당해 구조를 기다릴 때는 1초가 여삼추로 느껴지지 않겠어요? 그러나 다급한 상황일수록 침착하게 대처해야 합니다. 112나 119 같은 긴급전화라 해도 시스템이 작동하기까지의 시간이 걸리는데 즉시 연결되지 않는다고 당황스러워하면 구조가 더욱 늦어질 수가 있음을 잊어서는 안 되겠지요. 특히 농촌에서는 고춧대 등 농업부산물을 태워야 하는 일이 많습니다. 그런 때에는 소방서에 미리 연락을 하시고 안전하게 조금씩 태우세요.

양탕국, 한 그릇 하셨는지요?

"조반(朝飯)드시고 양탕국 한 그릇 하셨는지요?"

무슨 말인지 모르는 분이 많을 것 같아 설명 드리자면 1876년에 체결된 강화도조약 이후 인천항이나 부산항을 통해 서양문물을 받아들이기 시작했을 때, 제일 먼저 들어온 것이 커피라고 합니다. 그리고 이 낯선 물건을 처음으로 접한 조선인 가운데 거들먹거리기를 좋아하는 부류들이 서양커피를 맛보았음을 으스대기 위해 만들어낸 유행어였습니다. 커피가 마치 한약을 달인 탕약처럼 검은 빛깔에 씁쓰레한 맛이라 서양탕약 즉 '양탕국'으로 통했던 겁니다.

그리고 보니 우리나라의 개항역사도 어느덧 150년이 되어갑니다. 그 사이에 우리 사회는 커피문화에 점령당한 것처럼 도시와 농촌을 가리지 않고 온통 커피전문점인 카페천지로 변했습니다. 남녀노소를 통틀어 7만여 명의 인구가 전부인 우리 강화지역만 해도 400여 개나 되는 카페가 난

립해 있는 실정입니다. 그리고 우리 한국인 한 사람이 1년 동안 마시는 커피가 350잔 정도로 세계 평균치의 세배라고 하니 그럴 만도 하겠네요.

얼마 전, 연말 모임이 있어 일행과 같이 모처럼 카페를 가보게 되었는데 입이 다물어지질 않더군요. 가게 규모도 예상외로 널찍했고 각종 시설에 인테리어가 얼마나 호화롭던지 서울의 대형호텔에서 벤치마킹한다 해도 손색이 없겠더라고요. 사치가 심하면 나라가 망한다고 합니다. 그럴리야 없겠지만 세계에서 제일 맛이 좋기로는 이탈리아 피렌체의 길리(gilli)카페 커피를 쳐주던데, 생전에 그 양탕국 한 사발 맛볼 수 있을지 모르겠습니다.

대림待臨과 고해성사

"금을 쌓아 두는 것 보다 자선을 베푸는 것이 낫다."

성경말씀입니다. 오늘은 한국천주교에서 대림 제 3주일을 '자선주일'로 지내고 있는 날입니다. 대림(待臨)이란 성탄 대축일 직전에 들어있는 4주일 동안 그리스도의 강림을 기다리는 기간을 뜻합니다. 그리고 그 기간의 세 번째 주일을 자선주일로 정한 까닭은 가난하거나 외로운 사람이 없는 세상을 구현하고자 하는 바램이지요.

천주교인들은 모두 이 기간에 고해성사를 하는 전례의식(典禮儀式)을 행합니다. 새해를 맞이하고 예수님의 재림을 기다리려면 그동안 쌓인 각자의 흠결을 회개하고 속죄하여 정갈한 마음으로 예수님을 기다린다는 의미입니다. 천주교의 고해성사에 대하여 개신교나 비신자들 사이에 반론이 많지만 고해성사의 진정한 뜻을 모르고 하는 말입니다. 신부님은 하느님의 대리자로서 우리가 죄를 성찰하고 통회하면 보속을 주어 하느님과의 화평을 이루게 하는 성사입니다.

천년이 넘도록 전 세계 천주교 신자들이 고해성사를 보는데 거부감을 나타내는 신자도 없고, 아직까지 아무런 부작용도 없이 진행되고 있습니다. 고해성사의 내용이 외부에 노출된 적도 없습니다. 또한 천주교 신자들은 전도하여 믿기보다는 스스로 믿는 사람이 대다수여서 한번 신자가 된 사람은 거의 흔들림이 없습니다. 자선주일을 맞아 도움을 필요로 하는 이웃에게 따듯한 손을 내밀어 주세요.

밥심민족

"아주머니, 이 밥 제가 먹어도 되나요?"

"하모요! 식사 달라고 안 했능교."

40대 초반부터 회사일로 부산 출장을 많이 다녔습니다. 정말 서러울 정도로 어려운 살림을 이어오다가 그 때부터 형편이 나아져 기를 펼 수 있었습니다. 출장을 가면 식당 밥을 먹어야 했기에 그날도 어느 식당에 들어가 밥을 시켜 놓고 무슨 생각에 잠겨 있다가 보니 하얀 쌀밥이었습니다. 순간 내가 먹어도 되는지 낯설기만 해서 그렇게 물어보았던 것입니다.

그때까지만 해도 보리밥 아니면 잡곡밥만 먹던 처지라 쌀밥 한 그릇 먹기가 부담스러웠고 익숙하지도 않았습니다. 믿기지 않는 분도 계시겠지만 저희 부부는 지금도 카레를 할 때 말고는 콩, 수수, 보리 등을 섞은 잡곡밥을 먹고 있어요. 옛날부터 쌀을 아끼던 습관이 몸에 배어있는 것입니다.

1800년경에 출간된 조리가공서 『옹희잡지(饔熙雜志)』에 '우리나라 아낙들의 밥 짓는 솜씨는 천하제일'이라고 했을 만큼 우리의 밥맛은 어디에 내어놓아도 손색이 없습니다. 쌀밥의 탄수화물이 건강에 좋다 나쁘다 의견이 분분하지만 우리 한국인에게 밥은 하늘과 같은 존재라고 생각합니다. 밥의 기운을 빌리지 않고서는 무슨 일도 할 수 없는 '밥심민족'이지 않습니까?

문어 이야기

'용(龍)을 삶은들 무에 귀하리오/봉(鳳)을 끓여도 대수로울 게

없어라/온 세상이 잔치를 열 때마다 좋은 안주로 꼭 필요하지.'

용이나 봉황은 왕조시대에 최고 권력을 상징하는 상상의 동물로서 삶거나 끓일 수도 없지만 아무리 귀한 음식을 내놓아도 안주 감으로는 문어만한 것이 없다는 얘기지요. 근래에는 숙회라는 요리로 더욱 사랑받는 문어는 타우린성분이 풍부해서 특히 피로회복에 으뜸이라네요. 그래서 역대 임금님들의 수라상에도 문어를 빠트리지 않았던 모양이지만 영남사람들의 문어사랑은 대단합니다. 제사상이나 잔칫상에 문어를 올리지 않으면 말짱 허사로 취급할 정도이니, 그 지방에서만 소비되는 문어가 연간 500여 톤이나 된다고 해서 놀랄 일은 아닌 것 같습니다.

예로부터 영남은 선비의 고장임을 자처해오고 있고, 문

어 또한 먹물이 들어있다 해서 선비생선으로 대접을 받아왔기에 더욱 애착이 가는 것이겠지요. 그나저나 가격이 만만치 않은 문어를 제사상이나 잔칫상에 빠지지 않고 올리려면 꽤나 부담이 크겠어요. 하지만 선비사회에서는 봉제사(奉祭祀) 접빈객(接賓客)을 가문의 영광으로 여겼고, 접빈객의 상차림은 내가 객(客)이 되었을 때 대접받고 싶은 만큼 준비하는 것을 예의로 알았다니 살림이 넉넉하지 않은 집에서는 어려움이 많았을 겁니다. 포스코에 다니는 신랑을 만나 포항에서 살고 있는 여동생이 문어와 과메기를 보내왔네요. 혈육이 뭐라고 철따라 귀한 먹거리를 보내주니 고마울 따름입니다.

치열하거나 부질없거나

닭을 몇 마리 키우는 이웃이 "생명이 있는 것들은 모두들 싸우는 거예요?" 해서 뭐가 싸우느냐고 물었더니 "닭 몇 마리 키우고 있는데 저희들끼리 얼마나 싸우는지 모르겠다." 며 혀를 찹니다. 가서 보니까 암컷이 다섯 마리에 수컷이 두 마리나 되더군요. 그러니 수컷끼리 얼마나 치열하게 쟁탈전을 벌였겠습니까. 비좁은 닭장 안에서도 서열다툼이 치열하고, 왈패가 있는가하면 따돌림 당하는 놈도 있으니 인간사회와 다를 바 없더군요. 식물 또한 자기 주변의 다른 것이 자라지 못하도록 서로가 서로에게 독소를 뿜어대거나 다른 놈이 뿌리를 뻗지 못하도록 치열하게 견제한다고 합니다.

땅위에 것이든 땅속의 것이든 세상에 발을 붙인 것들은 이처럼 치열하고 복잡하게 영역을 다투고 세력을 다투며 살아갑니다. 성당과 마을회관 등 서너 개의 단체에서 총무 일을 맡아 연말정산을 준비 하다보면 복잡하고 따분할 때가 있습니다. 그럴 때마다 봉사하는 것이라 생각하면 기분이 전환되더군요. 연말이 되면 침울해지기도 하고 들뜨기도 합니다만 혹여 세월이 부질없다는 생각일랑 버려주세요.

아프지 말아요

'부뚜막의 소금도 집어넣어야 짜다.'란 속담이 있습니다. 아무리 좋은 계획을 세운다 해도 애써 실행하지 않으면 소용이 없다는 얘기겠지요. 당장 아내한테 만이라도 좋은 말을 해주고, 좋은 음식을 나누고, 자주 손이라도 잡아주고 싶은 마음은 굴뚝같은데 부부의 연을 맺은 지 수십 년이 지나도록 실행을 못하고 있습니다. 이렇게 알면서도 실행하지 않는 고질병은 어찌해야 고칠 수 있을까요?

일체유심조(一切唯心造)라고 무엇이든 마음먹기에 달렸다고 하지만 제 경우는 마음만 앞서 갈뿐 몸이 잘 따라주지를 않습니다. 일하는 것도 그래요. 예를 들어 오늘은 꼭 제초작업을 해야지 하고서도 차일피일 미루다가 낭패하기가 일쑤거든요. 이렇게 게을러지는 것도 노쇠현상이라며 무리하지 말고 몸이 움직여주는 만큼만 하라는 아내의 권고를 받아들여야 할 것 같아요. 그렇지 않고 무리를 했다가는 늙어가는 팔다리 온전하게 보전하기도 어려울 테고 "제발 아프지 말라."는 아내의 부탁을 들어주기도 어렵지 않겠습니까?

　무엇보다 나이가 들다 보니 "아프지 말라."는 소리가 참 따뜻하게 들리더군요. 이제는 서로가 희끗희끗한 부부끼리 마주보며 서로에게 "아프지 말아요."라는 말이나 나누며 살아야 할까 봅니다. 여러분도 아프지 마시고요.

동지팥죽

'나라 풍속 동지에는 팥죽을 되게 쑤어/푸른 사발 그득 담자 짙
은 빛깔 뜨는 구나/산꿀을 섞어 타서/후루룩 들이켜면/삿된
기운 다 씻기고 뱃속이 든든하리.'

목은(牧隱) 이색(李穡)의 '팥죽'이라는 시처럼 어제가 동
지였는데 팥죽은 드셨나요? 저희도 한 해 묵은 팥으로 죽
을 쑤었는데 동치미와 곁들이니 한결 맛있더군요.

동짓날에 팥죽을 끓여 먹는 풍습이 언제부터였으며 그
연유가 궁금했는데 6세기 초, 중국에서 간행된 『형초세시
기(荊楚歲時記)』라는 생활풍속을 엮은 책에 '동짓날 해
의 그림자를 재고 팥죽을 끓인다. 역귀를 물리치기 위해
서다'라는 내용과 함께 '공공씨(共工氏 —양자강을 다스
리는 신)에게 재주 없는 아들이 있었는데 동짓날 죽어 역
귀가 되었다. 팥을 무서워했기 때문에 동지에 팥죽을 끓

여 귀신을 물리치는 것이다.'라는 사연까지 밝히고 있습니다.

지금으로부터 약 1500년 전의 이야기입니다만 주목해야 할 부분이 있습니다. 동지팥죽을 끓여먹는 풍습이 역귀(疫鬼) 즉 전염병을 퍼뜨리는 귀신을 물리치기 위해서라는 것입니다. 그것도 겨울이 시작되는 동짓날에 팥죽을 끓였으니 추운 절기에 도는 감기 따위를 예방하는 방편이었겠지요.

그런데 말입니다. 팥으로 만든 음식은 소화가 잘되고 양기를 보충할 수 있어 몸에 이롭다고 알려져 있잖아요? 그러니까 양기를 보충해서 감기 따위의 겨울철 질병을 이겨내자는 것으로 상당히 과학적인 풍습이라 할 수 있을 것입니다.

이러한 동지풍속이 우리나라로 들어온 게 언제인지 정확하지는 않지만 팥죽으로 사악한 기운을 물리칠 수 있다는 생각은 비슷합니다. 그런데 먹어야 효과가 있는 팥죽을 문짝에도 뿌리고, 문지방에도 바르고, 심지어 아궁이와 굴뚝에도 뿌려대는 통에 버리는 것이 많았습니다. 오죽해야 보다 못한 영조임금이 "동짓날 팥죽은 비록 양기가 되살아나는 것을 기원하는 뜻이라고는 하지만, 귀신을 쫓겠다고 여기저기 팥죽을 뿌려대는 것은 올바른 일이 아니다. 일찍이 그러한 풍습을 금하라고 명했는데도 아직까지 팥죽 뿌리는 백성이 많다고 하니 이후로는 철저하게 단속하여 잘못된 풍속을 바로잡으라."는 엄명이 『영조실록』에 적혀있겠습니까.

스트레스 해소법

유럽여행을 갔을 때 바르셀로나 올림픽경기장 앞에 있는 황영조 동상을 둘러본 뒤 저녁 식사를 하기 위해 들어간 식당 분위기가 무척이나 소란스럽더군요. 그 식당 한쪽에 있는 TV 앞을 가득 메운 현지인들이 축구 중계를 보면서 열광하는 모습이 마치 2002년 한일 월드컵경기 당시 거리응원에 나섰던 붉은악마군단의 열광과 비슷한 수준이더라고요. 식당에 와서 밥은 먹지 않고 축구중계에 몰입해 있는 그들의 모습을 이상하게 생각했는데 알고 보니 스페인사람들은 밤 9시 이후에나 늦은 저녁을 먹는다더군요.

그러한 소란에 밀려 한쪽 구석에서 빠에야라고 하는 우리나라 볶음밥과 비슷한 음식을 먹고 있는 우리 일행이 현지인들에게는 오히려 이상하게 보였을 것입니다. 축구중계는 쳐다보지도 않고 밥 먹는 일에만 정신이 팔려있는 우리가 얼마나 재미없는 사람들로 보였겠어요. 우리 한국에서도 축구는 인기스포츠 반열에 올라있고, 시골사람들도 자기지역 연고팀의 경기가 있으면 봉고차 몇 대씩 대절해서 경기장을 찾아가 응원하는 축구광이 많습니다.

무엇에든 열광할 수 있다는 것은 정신건강에 매우 좋다고 합니다. 스트레스를 한방에 날려버릴 수 있는 최상의 처방이 열광하는 거라잖아요. 그래서 부탁인데 나라를 맡은 양반들! 국민건강을 위해 열광할 수 있는 일 좀 하나만이라도 만들어 보세요.

백년대계

　어느새 70여 년이나 지난 일이지만 6.25라는 참화에 휩쓸려 전 국토가 폐허로 변했던 1950년대 중반 무렵에는 1인당 국민소득이 겨우 45달러에 불과했다고 합니다. 특히 외환사정이 고갈상태라서 미국 돈 10달러만 쓰려 해도 대통령이 직접 결재를 했을 만큼 절박했다고 합니다. 그러함에도 불구하고 한 사람이 1년 동안 6,000달러나 드는 막대한 유학비를 정부에서 대주며 미국에서 원자력기술을 배우게 했고, 당시 한국은행이 보유하고 있던 35만 달러를 탈탈 털어서 교육용 원자로를 도입했던 일이 있습니다. 당시 각료들마저 미친 짓이라며 극구 만류했지만 나라의 명운을 걸고 그대로 밀어붙여 원자력기술의 초석을 다진 장본인이 바로 이승만 대통령입니다.

　그 덕분에 지금 우리나라의 원자력기술이 세계 정상급으로 성장했고 다른 나라에 수출까지 하게 된 것입니다. 특히 그 기술로 만든 원자력 에너지가 산업발전의 주역으로서 국가경제를 일으켜 세웠다는 것을 부인할 사람은 아무도 없을 것입니다. 그런데 그 원자력발전소를 해체하거나 퇴출시킨다니 대체 무슨 소리인가요?

나라의 명운을 걸고 습득한 원자력기술이 세계정상으로 올라서기까지 반백년도 넘는 기나긴 세월이 걸렸는데 아무런 대안도 없이 퇴출부터 서두르는 것은 너무 즉흥적이고 단편적인 판단이라는 걱정이 앞섭니다. 더군다나 선진국들은 지금도 원전개발에 힘을 쏟고 있는 실정이지 않습니까. 원자력발전소를 없애자는 세력들은 체르노빌이나 후쿠시마 원전사고를 내세우고 있습니다. 하지만 원전을 없앰으로 발생될 손실분의 1/100만 투자해서 시설을 보강한다면 만약의 사태를 방지할 수 있다는 소리에는 왜 귀를 막고 있는지요?

지방화시대와 축제시대

전국 어디를 가나 지역 특색을 살린 축제가 성행하더군요. 지방화시대로 접어들면서 지역경제에도 도움이 되고, 각 고장의 홍보에도 도움이 될 수 있는 관광상품을 개발하다 보니 이런저런 축제가 우후죽순처럼 생겨난 모양입니다. 지역민의 화합과 결속에도 크게 작용한다니 장려할 만한 일이라고 생각합니다. 제가 살고 있는 강화도만 해도 고려산 진달래축제, 마니산 개천대축제, 삼랑성 역사문화축제, 고려인삼축제, 새우젓축제 등 여러 가지 즐길만한 축제가 있습니다. 그러니 전국적으로 얼마나 많은 축제가 있겠어요. 수없이 많겠지만 강원도 화천의 산천어축제는 세계의 겨울축제 가운데 네 번째로 꼽힐 만큼 성공했다고 합니다. 지난해만 해도 20일 쯤 되는 축제기간 동안 찾아온 사람들이 무려 180여만 명이나 된다고 해서 입만 쩍 벌렸을 뿐 저는 아직 가보지를 못했습니다.

화천에 붙어있는 파로호나 비수구미엘 가서 송어회도 먹어보았고, 읍내에 있는 음식점의 초계탕이 얼마나 맛있던지 첩첩산중의 군사도시에 그렇게 맛있는 별미가 있다는 것이 신기하기까지 했었으니까요. 하지만 산천어라는 것은 구경도 못해서 인터넷을 뒤졌더니 송어와 비슷하게 생겼더군요. 내년에라도 꼭 산천어축제엘 가서 산천어도 구경하고, 아직도 군침이 도는 초계탕도 먹을 수 있으면 하는 바램입니다.

우리마을 촌장님

　우리 마을에 '우리마을'이 있다고 하면 이상하게 들리겠지만 사실입니다. 제가 살고 있는 강화도에서 태어나신 분으로 한 때는 김수환 추기경, 성철 스님 등과 함께 종교계뿐 아니라 나라의 정신적 지주로까지 존경을 받아온 김성수 성공회 주교님! 그분이 은퇴한 뒤 사재를 몽땅 털어 '우리마을'이라고 하는 발달장애우 공동체마을을 설립하셨는데 그 '우리마을' 부근에 제가 살고 있는 것입니다.

　그리고 김성수 주교님이 손수 우리마을 촌장을 자임하며 콩나물공장 등을 운영해서 얻은 수익금으로 장애우들을 자립시켜 내보낸 수가 적지 않습니다. 헌데 그 재활시설과 건물이 화재로 소실되는 안타까운 일이 벌어진 것입니다. 주교님의 아픔도 아픔이겠지만 자립의 꿈을 잃은 장애우들은 나날을 눈물로 보내고 있더군요. 그러한 우리마을을 부활시키는데 힘을 보태려고 지역사회에서 바자회를 열어

성금을 모으기도 했지만 큰 힘이 되지는 못했지요. 다행스럽게도 여기저기에서 따뜻한 손길을 보태주셔서 어느 정도는 수습이 되어가는 모양입니다. 아무쪼록 우리마을이 하루속히 복구되어 그곳 공동체가족들이 다시 활짝 웃을 수 있기를 지극한 마음으로 기도할 뿐입니다.

호스피스문화

"수녀님! 눈을 감으면 죽을까봐 잠을 잘 수 가 없어요."

호스피스병동에서 죽음을 준비하고 있는 분들의 심정이 이토록 절박하다고 합니다. 20여 년을 넘게 호스피스 병동에서 봉사활동을 하는 동안 1,000여 명의 임종을 도와드렸다는 어느 수녀님의 얘기로는 임종을 앞두고는 매 순간이 불안과 번민과 공포의 연속이라고 합니다. 그 가운데는 극도로 예민해져서 아무리 위로를 하고 평안을 찾을 수 있게 도우려 해도 소용이 없는 분들도 있고, 숨이 넘어가면서도 누구누구를 용서하지 못하겠다며 치를 떠는 경우도 있다고 합니다.

사는 동안에 맺힌 원한이나 응어리를 풀기가 참으로 어려운 모양입니다. 그리고 호스피스제도가 확고하게 정착되지 않아서인지 호스피스병동으로 들어가기를 거부하거나 두려워하는 분들이 많다고 해요. 하기야 예수님도 십자가에 달려 죽음을 목전에 두고는 하늘을 우러러 "왜 나에게 이러한 고난을 주시나이까."라고 하소연 했다는데 범부로서야 얼마나 불안하고 괴롭겠습니까.

그래서 정신을 잃은 혼수상태를 거쳐 죽음을 맞게 되는 것을 다행으로 여기기도 하지만 호스피스 제도에 대한 인식이 개선되어 보다 평온하게 죽음을 맞는 문화가 정착되면 좋겠다는 생각을 합니다. 38년간이나 세계 각지의 오지에서 호스피스 봉사를 하다가 괴한의 총을 맞고 숨이 멎는 순간에도 "나는 용서합니다. 용서 합니다."라며 자신을 죽인 자까지 용서해준 네오넬라 수녀처럼, 삶의 원한이나 응어리는 모두 내려놓고 평온한 죽음을 맞는 것이야말로 인생의 마지막 행복이자 행운이 아닐는지요.

밀레니엄버그(Y2K)

새로운 천년을 맞이한다고 많은 사람들이 들떠있던 1999년 12월이던가요. 뜬금없이 '밀레니엄버그(millennium bug)'라는 생소한 말이 떠돌며 세계의 모든 사람들을 불안과 혼란의 도가니로 몰아넣었던 기억이 생생합니다. 당장 2000년이 코앞인데 컴퓨터가 그 2000년 이후의 연도를 인식하지 못해서 은행 등 금융권의 업무를 비롯하여 컴퓨터를 사용하는 모든 일들이 마비되고, 심지어 행정기관에서 사용하는 컴퓨터에 죽은 사람이 다시 태어난 것으로 인식될 수도 있다는 것이었습니다.

또한 컴퓨터의 제어장치가 마비되면 미사일이 제멋대로 발사되고, 비행기·함정·기차 같은 운송수단은 궤도를 이탈하여 끔찍한 사고로 이어질 수도 있겠다는 불안에 휩싸였던 것입니다. 그처럼 세상을 혼란스럽게 했던 소위 'Y2K'라고 지칭되던 밀레니엄버그 소동도 세월의 소용돌이에

슬그머니 묻혀버리고 이제는 보수냐 진보냐 하는 편 가르기 싸움이 우리 사회를 혼란에 빠트리고 있습니다. 그리고 그렇게 흔들리고 시달리며 우리네 인생은 흘러가야 하는 운명인지 모르지만 그러한 혼란 속에서도 어김없이 새로운 새해를 맞이하고 있습니다.

2020, 새해아침에

  매년 새해 첫날이 되면 이른 새벽에 일어나 저 나름대로의 해맞이의식을 행하고 있습니다. 어제의 해와 오늘의 해가 다를 리 없는데도 새해가 되면 평소와는 다른 설렘과 두근거림으로 새해맞이를 하는 까닭은 새로운 희망을 기대하기 때문이겠지요. 그리고 그 설렘과 두근거림이 올 한해가 끝나는 날까지 계속되기를 기도하는 것이 저의 새해맞이 의식입니다. 우리 모두가 오늘 아침의 일출처럼 예쁜 삶이기를 기도하는 마음으로 졸시(拙詩)를 바칩니다.

    서두르지 않으려고

    구름을 한 겹 한 겹

    밀어내며 떠오르는

    새해 새날이여!

지금의 삼라(森羅)는

새벽이어라,

축복이어라,

행복이어라,

사랑을 이어라

영광을 이어라

평화를 이어라

웃음이 넘치도록

희망이 넘치도록

한껏 차서 넘치도록

이어라! 이어라!

이어 지거라!

경자년, 새해 새날이여!

남은 건 나이뿐

어제, 또 한 해가 바뀌었지요. 새해를 맞을 때마다 올 한 해는 정말 보람되게 살아야겠다는 다짐을 빠트린 적이 없습니다만 그 다짐대로 살아본 사람이 몇이나 될까요. 우리가 함께 살아가는 세상은 도무지 예측할 수도 없고, 마음대로 되는 것도 없기에 '사는 게 아니라 견뎌내는 것'이라고들 하지 않습니까? 소크라테스 같은 명현(明賢)도 세상을 살아가기가 얼마나 힘들었으면 "산다는 것은 오랜 병을 앓는 것과 같다."라고 한탄했겠습니까. 그러니 저 같은 범부의 삶이야 오죽했을라고요. 70해를 넘게 살아왔으면서 이루어놓은 것은 보이질 않고 남은 거라곤 나이뿐입니다.

요즘에는 어린 초등학생들도 나이 먹는 것을 싫어한다고 합니다. 나이 들면 일을 해야 하고 여러 제약과 의무가 따르기 때문에 어른 되기를 원치 않는다는 겁니다. 제가 다니는 성당에 우리 나이로 100세가 넘으신 어르신이 계신데,

그분의 말씀이 나이를 맛있게 먹는 법만 알아도 마음이 평온하다고 합니다. 나이는 밀어낼 수도 없고 덜어낼 수도 없는 것이기에 차라리 달게 받아들여야 마음이 편하다는 말씀입니다. 저도 이제부터는 나이를 맛있게 먹는 연습이나 부지런히 해야겠습니다.

돋보기

제가 이 나마의 글이라도 끌쩍거리게 된 동기는 책 읽기를 좋아한 탓이라고 생각합니다. 독서삼매 수준은 아니지만 바쁜 업무에 쫓기던 직장생활 중에도 이문열의 〈삼국지〉 전집을 36일 만에 독파했고, 최인호의 〈길 없는 길〉은 네 권짜리를 다섯 번이나 반복해서 읽기도 했습니다.

제가 이처럼 책읽기에 매달리는 까닭은 책 속에는 그동안 내가 만나지 못한 현자들을 만날 수 있는 통로가 있고, 그들로부터 가르침을 받을 수 있는 기회가 있기 때문입니다.

하지만 60대 초반부터 눈이 침침해져서 돋보기를 처음으로 맞췄지만 책이나 신문을 읽으려면 초점이 맞지 않아서인지 글자가 어리어리한 게 잘 보이지가 않더군요. 그래서 길거리표 돋보기로 바꿔보았더니 책을 읽기가 한결 편합니다. 그러나 나이 때문인지 책에 집중이 잘 안돼요.

그야말로 '서자서아자아(書自書我自我)'라고 글은 글대로 나는 나대로 따로 놀고 있으니, 책 속에 아무리 좋은 가르침이 있다한들 실천할 수가 없는 바보가 되고 말았습니다.

소한에 찾아온 봄

　해가 바뀌고 정월 들어 첫 절기인 소한입니다. 예년 같으면 정초한파라 일컬을 정도로 강추위가 몰아닥쳐 만물이 얼어붙었겠지요. 헌데 올해는 민들레꽃이 여기저기 피어있을 만큼 포근한 겨울이 지속되고 있어 이상기온을 걱정하는 소리가 높습니다. 저 또한 영상의 소한 날 밤을 뒤척이다 새벽 창을 열었더니 매화나무 등걸에 걸려있는 섣달 열이틀의 달빛이 마치 꽃송이처럼 환하네요. 이처럼 따듯한 겨울날씨가 계속된다면 머지않아 매화가 피었다는 소식이 들려올 것 같습니다.

　우리 한반도에서 가장 일찍 꽃망울을 터뜨리는 매화는 순천 금둔사라는 절집 마당 이곳저곳에 있는 납월매(臘月梅)라고 하더군요. 그리고 순천 선암사의 선암매(仙巖梅), 구례 화엄사의 화엄매(華嚴梅), 장성 백양사의 고불매(古佛梅), 양산 통도사의 자장매(慈藏梅), 강릉 오죽헌의 율곡매(栗谷梅)가 유명한데 대부분 사찰에서 가꾸는 나무들입니다. 저도 오래전 통도사에 갔을 때 자장매를 구경했습니다. 그때 제법 많은 사진작가들이 몰려와서 사다리에 기어올라 셔터를 눌러대고 있었는데, 카메라가 없던 저는 당시 사용하던 2G폰으로 사진을 찍는다고 설쳐댔으니 사진작가들의 눈에는 꼴불견이었겠지요.

아직은 앙상한 매화 등걸에
박새 두어 마리 날아들더니
바람 한 점 햇살 한 점
부리에 얹고
작년 이맘때의 찬바람을 쪼아대며
봄기운 찾는다고 부산을 떠네.

선물

    인류사에서 최초로 선물을 주고받은 사람이 누구일까 궁금해본 적이 있습니다. 하느님이 천지를 창조하실 때 온갖 생명체를 만드시고 비와 바람과 햇빛을 주셨다고 했는데 그게 세상의 첫 선물일까? 그리고 인류사에서 가장 고귀한 선물은 우리의 죄를 사하기 위해 자신의 목숨을 내놓은 예수님의 사랑이 아닐까 하는 생각을 했던 것이지요.

    얼마 전, 처이모님으로부터 "조기새끼 몇 마리 보내려고 집 주소를 찾았는데 어디 가고 없네. 다시 불러 봐."라는 전화를 받은 지 이틀 만에 택배를 받았습니다. 그런데 조기새끼가 아니라 손바닥만 한 것이 알주머니까지 통통한 어미 조기를 보내주셔서 입을 다물지 못했습니다. 의외의 선물을 받으면 이렇듯 기분이 좋은데도 저는 남에게 변변한 웃음을 주지 못하는 바보로 살아왔네요. 그렇다고 부자가 된 것도 아닌데 말입니다. 어찌되었든 선물은 사람의 앞길을 평탄하게 하고, 폭넓은 친구를 사귀게 하며, 맹렬한 분노도 멈추게 한다고 성경에 요약되어 있습니다. 최소한 내가 받은 만큼이라도 남들을 기쁘게 해줘야겠다는 마음을 다져 봅니다.

염주

불교용어에 '백팔번뇌'라는 말이 있지요. 사람은 눈·귀·코·혀·몸·생각 등 육근(六根)이라고 하는 인식기관이 있고, 이 인식기관에 의해 마음과 몸을 괴롭히는 욕망이나 분노가 생기는데 그로 하여 따르는 고통이 108가지나 된다는 뜻으로 이해하고 있습니다. 그리고 그 108번뇌를 덜어내기 위한 방편으로 불전에 절을 하거나 불경을 외우는데 대체로 108배(拜) 또는 10독(讀)을 한다고 해요. 그리고 그 수를 세기 위해 염주라는 구슬을 끈에 꿰어 하나씩 돌려 가는 것인데, 염주 하나를 돌릴 때마다 한 가지씩의 번뇌와 업보가 사라지고 안락함을 얻는다는 것이지요.

그러니까 염주라는 것이 생각(욕심)을 다스리는 구슬이라는 뜻인데, 불교의 전유물이 아니고 천주교에서는 묵주(默珠), 이슬람에서는 '수브하'라고 하는 성물(聖物)을 염주처럼 사용하고 있습니다. 그러나 하늘 높이 나는 새도 입

에 맞는 먹이 때문에 사람 손에 잡히고 마는 것처럼 눈앞에
보이는 욕심을 자제하지 못하면 큰 재앙을 당하고 마는 것
이 세상 진리가 아닐까요? 물욕에 집착하지 않는 자제력이
번뇌를 없애는 가장 신통한 염주이겠지만 그런 염주 하나
마음에 담고 살기가 참으로 어렵습니다.

석학에게 길을 묻다

어제였네요. 100세를 넘긴 노구에도 연세대학교 명예교수로 봉직하며 후학양성에 마지막 정열을 불태우고 계신 김형석 교수님을 강화도로 초청하여 강연회를 개최했습니다. 원래는 저 혼자 찾아뵙고 말씀을 들으려 했습니다. 그러나 주변에서 "그처럼 훌륭한 분의 말씀을 혼자 듣기는 아쉽다."며 여럿이 함께 들을 수 있는 자리를 마련하라고 권해서 할 수 없이 강화군 노인복지관 강당을 빌려 교수님을 모시게 되었던 겁니다. 그러나 막상 교수님께서 강화도까지 행보하시겠다고 하셨을 때는 기쁨보다 걱정이 앞섰습니다. 모시기로 한 장소가 400석이나 되는 널찍한 공간인데 만약 객석이 차지 않아 썰렁하면 어떻게 하나 하는 염려였습니다. 초청강사가 한국최고의 석학으로 우러름을 받는 분 아닙니까. 더욱이 100세가 넘은 노구를 무릅쓰고 멀리 강화도까지 발걸음을 해주셨는데 청중을 모으지 못하면 주최자로서 얼마나 민망한 일이겠습니까.

하여 행사를 한 달여 앞두고 현수막과 포스터를 만들어 요소요소에 걸기도 하고 붙이기도 하고, 그것으로도 안심이 되지 않아 전단을 들고 거리에 나가 만나는 사람마다 손에 들려주곤 했습니다. 저 혼자 동분서주하는 꼴이 안쓰러웠던지 지인 몇 분이 도와주신 덕에 400여 석의 강당이 빈틈없이 들어찼습니다. 서있을 틈도 없어 되돌아간 분들이 많았을 정도의 대성황이었습니다. 더욱 놀라운 것은 노교수님의 열정과 건강이었습니다.

세상에나! 100세에 접어든 작년 한 해 동안 전국을 돌며 강연을 하신 것이 무려 183회라는 겁니다. 강연시간이 짧은 것도 아니더라고요. 평균 1시간 30분에서 2시간 정도라니 젊은 사람도 감당하기 어려운 강행군을 이어가고 계신 겁니다. 그래서 그 비결을 여쭤보았습니다. 교수님이 허허 웃으시며 욕심 없이 살다보니 오래 사는 것 같다고 하시더군요. 욕심이 없으면 조바심 낼 일도 없고 스트레스 받을 일도 없어 자연스럽게 수명이 늘어난다는 것입니다.

그러한 노교수님의 인생학 강의를 듣고자 하는 사람들이 많은 것을 보면 오래살고 싶은 욕심은 누구에게나 있는 것 같습니다. 어찌되었든 멀리 강화도까지 오셔서 귀한 말씀으로 인생길을 밝혀주신 김형석 교수님과 또한 행사를 도와주신 분들에게 깊은 감사를 드립니다.

십년이면 강산도 변한다는데

그 강산 열 번이나 옮기시느라

육신과 정기마저 너덜너덜해졌겠지

지레짐작하며 불경스러운 마음으로

석학(碩學)을 모셨는데

진짜 사람의 냄새와 총기(聰氣)가 넘쳐

메마른 영혼들을 감싸주시네

백년을 씻어 오신 맑은 영혼을

백년을 쌓아 오신 돌담 같은 외길을

백년을 피워 올린 삶의 향기를

남김없이 다 내어 놓으시는

백세 교수님!

두루미

 어제는 동네 몇 분과 함께 동검도를 갔다가 30여 마리나 되는 큰 무리의 두루미를 목격하는 행운을 누렸습니다. 동양에서는 두루미를 학(鶴)이라 하여 십장생(十長生) 중에서도 으뜸으로 치는 길조 중의 길조가 아닙니까. 또한 왕조시대의 문신들이 입던 관복에도 가슴 한복판에 학을 수놓았는데 이유는 학처럼 고고하고 깨끗하게 처신하라는 뜻이라고 합니다. 그러나 그 고고하고 우아한 자태로 하여 남획을 많이 당했는지 지구상에 3천여 마리밖에 남아있지 않은 멸종위기종이 되어버렸습니다. 그중 천여마리가 우리나라의 서해안 갯벌에 찾아오는데 강화지역에서는 동검도가 두루미의 주요 서식지로 알려져 있습니다. 그래서인지 동검도에는 두루미와 관련된 재미있는 이야기가 전해지고 있는데 이러한 스토리입니다.

벼슬을 사고파는 매관매직이 성행하던 구한말, 돈을 주고 강화유수의 벼슬을 얻어 부임해온 위인이 아전들을 불러놓고는 "이 고을 백성들에게 부임인사를 해야겠으니 경치가 제일 좋다는 동검도에 자리를 마련하고 주연을 베풀되 선물은 가져오지 않아도 된다고 전하라."고 명했습니다.

돈으로 벼슬을 살 정도로 비루하고 탐욕한 자가 아랫사람들을 불러놓고 선물을 운운하는 것은 옆구리 찔러 절받자는 수작이지요. 그것을 모를 리 없는 관속과 백성들은 신임사또에게 바칠 선물꾸러미를 바리바리 싸들고 연회장인 동검도로 모여들었습니다. 그리고 취흥이 도도해질 무렵 사또가 좌중을 둘러보며 시회(詩會)를 갖자고 제안했습니다.

"여러분, 저 바다를 보시오. 온갖 새들이 다 모여들었지 않소이까? 비록 미물일망정 본관의 부임을 축하하는 잔치에 맞춰 멀리서 날아와 주었으니, 저것들을 주제삼아 시 한 수씩 지어봄이 어떻겠소. 이왕이면 저 무리 중에서 가장 우아하고 고고한 학으로 운을 삼는 것이 좋을 것 같소이다."

동검도 앞바다에 가을이 오면 두루미와 저어새 등 온갖 철새들이 날아들어 먹이활동을 하는데 두루미의 고고한 자태는 철새 가운데 으뜸이지요. 그러나 썩을 대로 썩은 탐

관오리가 두루미를 주제로 글을 써서 바치라는 것은 자신 또한 고고한 인물로 칭송받기를 원했던 것입니다. 그의 시커먼 속내를 알아챈 황선달이라는 선비가 제일 먼저 일어나 자신이 쓴 시를 읊었습니다.

"날아올 땐 학처럼 고고하게 보이더니/물 위에 앉자마자 먹이부터 다투네."

아무리 멋진 자태를 뽐낼지라도 먹이를 찾아온 새가 갯벌부터 뒤질 것은 당연하지요. 그러한 두루미의 습성을 빗대어 겉으로는 위엄 있게 행동하면서도 부임하자마자 재물을 탐하는 신임사또의 못된 행태를 질타했다는 유쾌한 이야기입니다.

겨울 책읽기

.

옛날 역법(曆法)에 '동지일양생래복지시(冬至一陽生來復之時)'라는 말이 있습니다. 동짓날부터 따듯한 기운인 양기(陽氣)가 생겨나 돌아오는 때라는 뜻이랍니다. 이처럼 따듯한 기운이 생겨나기 시작한다는 동지가 지난 지 열흘쯤 되는데 벌써 냉이를 캐러 다니는 모습이 보입니다. 그러나 그 평화로운 모습 뒤에는 우한폐렴이라는 공포바이러스가 음흉하게 도사리고 있습니다. 그 괴질이 사람끼리의 접촉으로 감염이 된다며 가급적 사람 만나는 것을 피하라고 합니다. 이러한 지경이니 바깥출입하기도 그렇고, 농한기라 딱히 할 일도 없이 무료하게 지내다가 이미 대여섯 번이나 읽은 장편소설을 다시 꺼내 읽기 시작했습니다.

조선 말엽의 김득신(金得臣)이라는 선비는 어릴 때 천연두를 앓아 지능이 모자란 편이었으나 무슨 책이든 책만 보면 종이가 닳아 없어질 때까지 수천 번을 되풀이해 읽었다고 합니다. 그가 일만 번 이상 읽은 책이 무려 36권이나 되고, 그중 『백이전(伯夷傳)』은 1억 번이나 읽었기에 자신의 서재를 '억만재(億萬齋)'라 이름 하였다니 그저 혀가 내둘릴 뿐입니다. 그렇게 노력하여 59세에 이르러서는 과거에 급제하였고, 벼슬살이를 하는 틈틈이 저술에도 힘을 써서 『백곡집』 『종남총지』 등 여러 권의 저서를 남기며 문명을 떨쳤던 것입니다. 그의 작품 가운데 '용호(龍湖)'라는 제목의 시 한편만 소개해드려도 필력이 어느 정도인지 알 수 있을 겁니다.

古木寒雲裏 고목은 찬 구름 속에 갇히고
秋山白雨邊 가을 산엔 소낙비가 들이친다
暮江風浪起 저무는 강에 풍랑이 이니
魚子急回船 어부는 급히 뱃머리를 돌리네.

4 부

우린 행복한 거야!

우린 행복한 거야!

　시대 탓을 해야 할지, 사람 탓을 해야 할지, 살아가는 방식이 어릴 때와 달라도 너무 달라져서 혼란스러운 게 한 둘이 아닙니다. 의식주 모두가 180도로 달라진 게 태반이고, 모든 일과 생각들이 온통 제자리를 떠나 떠돌고 있습니다. 친구 몇 명이 한담을 나누다가 손자 녀석이 초등학교에 입학했다고 하자 한 친구가 옛날 같으면 고손(高孫)을 볼 나이에 초등학교 입학이 무슨 대수냐며 면박을 했습니다. 그러자 다른 친구가 "야! 남의 자식들 사오십이 넘도록 시집 장가 못 간 얼간이들이 수두룩한 판에 손자까지 얻은 게 얼마나 다행이냐고! 우린 행복한 거야!"

　그 말 일리가 있지요? 감사해야 되겠지요?. 세상만사가 고마울 따름입니다. 하지만 결혼을 미루고 있는 미혼 자녀를 두신 분들, 얼마나 속상하겠습니까.

우한 폐렴

　중국 후베이성의 우한(武漢)은 남부와 북부를 잇는 교통의 요충지이자 내륙의 중심도시입니다. 창강(长江)과 한수이(汉水)라는 두 개의 강이 도심에서 합류하는 탓에 우창(武昌), 한커우(汉口), 한양(汉阳) 등 세 개 지역으로 도시를 갈라놓았기에 '우한삼진(武汉三镇)'이라 부르기도 합니다. 인구가 1,100여만 명으로 중국에서 일곱 번째로 큰 도시인데 그곳에서 원인을 알 수 없는 신종폐렴이 발생하여 대 유행단계에 접어들었다고 합니다. 처음 발생한 것이 작년 12월 12일로 기억하고 있는데 40여일이 지난 현재 전 세계로 확산되는 추세라는 군요. 그만큼 전파력이 강한 데다가 치사율까지 높다고 하니 괜히 불안해지네요.

　몇 해 전에도 신종플루다, 사스다 하는 전염성 호흡기질환이 중국에서 시작되어 우리나라까지 건너온 사례가 있습니다. 그때에도 우리 국민들의 엄청난 희생이 있었는데 중국발 괴질이 또다시 침범했다니 어이가 없습니다. 중국은 국민생활뿐 아니라 모든 부분에 대한 통제가 가능한 체제인데도 계속해서 괴질을 발생시키고 또 해외로까지 전파시키는 것은 알다가도 모를 일입니다.

경제개발을 한답시고 마구잡이로 자연환경을 파헤치고 오염시킨 인과응보일 것입니다. 그런데 그 치료법도 없는 괴질의 근원지인 우한과 우리나라를 잇는 항공편이 일주일에 10여 회 정도나 왕복한다고 해요. 우한에서 배편을 통해 들어오는 사람도 상당수고요. 우한폐렴의 국내유입가능성이 그만큼 높은 것이지요. 하늘길과 뱃길을 막아서라도 감염을 차단하는 것이 국민의 생명을 보호하는 당국의 책무라고 생각합니다.

전염병에도 사대주의가 있나요?

지금은 고인이 된 어느 정치인이 중국문제를 얘기하던 중에 사대주의는 슬기로운 지혜라고 해서 물의를 빚은 적이 있습니다. 그런데 작년 12월 중순, 중국에서 발생한 우한폐렴이 우리나라에도 전파되고 말았는데 우리 정부에서는 그 전염병을 '코로나바이러스'라고 부르기로 했다고 합니다. 다른 나라들은 모두 '우한폐렴'이라 하는 것을 우리정부에서만 군이 '코로나 바이러스'라고 하기로 한 이면에는 중국의 불편한 심기를 건드리지 않기 위한 의도가 숨어있다는 소리도 들립니다. 사실이 그렇다면 말입니다. 대국에서 발생한 전염병에마저 사대를 해야 하는 건가요?

또한 바이러스 전파를 차단하기 위해 중국인들의 입국을 금지하는 나라가 많은데 우리는 눈치를 보느라 그럴 수도 없는 모양입니다. 그러한 정부의 대처에 대해 한편에서는 사대주의라 질타를 하고, 한편에서는 대처를 잘 하고 있으니 칭찬 댓글을 따따봉으로 달아주자며 편 가르기를 하고 있습니다. 어찌되었든 무분별한 괴담에 휘둘리지 말고 개개인이 방역수칙을 잘 지켜야 전염병을 막을 수 있을 겁니다. 대중이용시설을 삼가고 개인위생을 철저히 지킵시다.

대춘부 待春賦

어느 시인이 읊기를 '이월이 오면 강가를 서성이며 봄을 기다리리라.'라고 했는데 오늘이 이월 초하루로 이 달만 지나면 춘삼월이네요. 올 겨울은 보기 드문 이상기후로 추위다운 추위 없이 한 철이 지났습니다. 그 대신 우한폐렴이라 하기도 하고 코로나19라고도 하는 중국 발 호흡기질환이 온 지구촌을 꽁꽁 얼어붙게 하고 있습니다.

우리민족의 대명절인 설날이 며칠 전이었고, 음력 정월 대보름까지는 마을마다 대동굿 같은 축제를 하며 서로의 복을 빌어주고 화합을 다지는 기간인데도 우리나라는 네 편이다 내편이다 하는 진영싸움으로 평온한 날이 없습니다. 서로를 축복해주며 정갈하게 지내던 정월풍습이 정치논리에 묻혀버렸으니 기가 막힌 일이지요.

그보다 더 걱정되는 일이 우한폐렴인데 성경에서는 전염병을 하느님에게 대적하려는 자 들에게 주어지는 형벌이라고 했습니다. 작금의 세상은 전통이나 관습은 물론 생명 윤리마저 저버리고 유전자 조작이다, 생명체합성이다 하며 하느님의 영역을 넘보는 분야가 너무 많아 벌을 받는다고 생각합니다. 곧 봄이 시작 될 텐데 언 땅을 헤집고 솟아오르는 힘찬 새싹의 기운처럼, 온 세상 사람들이 전염병의 고통과 불안을 이기고 화사한 봄을 맞게 되기를 기도 합니다. 역경을 이겨낼 수 있는 지혜와 힘을 주소서.

입춘과 인공지능

　오늘이 입춘이니 바야흐로 2020년의 봄철이 시작되었습니다. 봄은 모든 생명에게 가장 희망적인 계절이라서인지 선조들께서도 봄을 송축하는 글을 많이 남기셨는데 그중 '입춘즉사(立春卽事)라는 한시를 번역해보는 것으로 입춘첩을 대신했습니다.

　　東帝樹青幡(동제수청번) 봄의 임금이 푸른 봄 깃발 세우니

　　立春陽氣喧(입춘양기훤) 봄이 오고 양기가 따듯해지네

　　獸禽呼侶急(수금호려급) 짐승과 새들은 짝을 찾기 바쁘고

　　草木折雅繁(초목절아번) 풀과 나무는 싹 틔우느라 요란하네

　　梅築開離落(매축개리락) 매화꽃은 울타리 가에 피어나고

　　花符貼大門(화부첩대문) 꽃으로 부적을 그려 대문에 붙이네

　　煙露將爛漫(연로장란만) 풍경은 장차 아름답게 펼쳐지고

　　生氣滿乾坤(생기만건곤) 생명의 기운은 온 세상에 가득하리.

이처럼 생명의 기운이 온 세상에 가득한 봄이 찾아왔는데도 대문 밖의 세상은 코로나바이러스로 전전긍긍입니다. 인간의 능력으로는 수백 년이 걸려도 풀지 못할 문제를 단 몇 분이면 풀어낸다는 슈퍼컴을 만들고 인공지능을 만들어냈지만 바이러스 전염병을 물리칠 백신개발은커녕 원인조차 분석하지 못하고 있으니 헛웃음이 나옵니다.

평범平凡에의 잡설雜說

5~6년 전 서양에서 처음으로 사용하기 시작한 경제용어에 '새로운 평범'이란 말이 있습니다. 평균적으로 저성장이 지속되어 상대적으로 불균형한 상태가 이어지는 경제상황을 뜻한다는데 유감스럽게도 우리나라 경제사정이 이에 해당한다고 합니다. 평범한 사람 백 명이 현명한 사람 하나를 당하지 못한다고 하지만, 평범한 사람은 허술하고 현명한 사람은 늘 완벽할까요? 평범한 사람은 세상의 이치를 모를까요? 그리고 돈과 명예와 권력을 가진 사람은 모두 비상한 사람들일까요? 사랑을 실천하고 봉사하며 음지에서 사는 사람들은 슬기롭지 못할까요? 누구나 자신의 마음을 순수하게 잘 다스린다면 세상의 모든 일을 이루지 못할 것이 없습니다. 평범한 사람은 평화롭습니다.

정성

　지극정성이란 말이 있지요. 더 할 수 없을 만큼 극진한 마음이나 태도를 이르는 말인데 그 본보기가 되고도 남을 이야기가 부안 내소사에 전해지고 있어 소개해 드리려 합니다.

　조선시대의 한 여인이 죽은 남편의 명복을 빌기 위해 내소사에 머물며 불공을 드리는 틈틈이 법화경을 사경했습니다. 지금도 내소사에 봉안되어 있는 일곱 권의 『법화경사본(法華經寫本)』이 그것인데, 그 여인이 법화경을 사경할 때 글자 한자를 쓸 때마다 절을 한 번씩 올리는 정성으로 필사해 남겨 놓았다는 것입니다. 먼저 세상을 뜬 망부의 명복을 비는 여인의 정성이 얼마나 지극했던지 사경한 글자 한 획 한 획에 스며있는 묵흔(墨痕)은 신운(神韻)이 감돌 정도라고 합니다. 그러나 칠만 자나 되는 법화경을 사경하면서 칠만 번의 절을 하느라 여인의 무릎이 망가져서 일어서지도 못하는 지경이 되고 말았습니다. 헌데 사경을 마친 날 밤, 죽은 망부의 혼이 나타나 여인의 귀밑머리와 상처가 난 부위를 쓰다듬어 주는 꿈을 꾸고 난 뒤 여인이 놀라 깨었는데 무릎의 상처가 깨끗이 나았더라는 얘기입니다.

이 여인으로 하여 지극정성이란 말이 생겼나 봅니다만 저는 매사에 쫓기듯 허둥대느라 무슨 일에든 정성을 다하지 못합니다. 열심히 뛰기만 하면 그래도 남을 쫓아가기라도 했던 아날로그 시대가 지나고, 창의적인 사고(思考)가 필수인 디지털시대에 저처럼 아둔한 사람들은 허둥대느라 작은 일에도 정성을 쏟기가 어렵습니다. 우리가 살아가면서 제일 정성을 들여야 할 곳은 각자 다르겠지만, 우선적으로 가정과 가족에게 제일 큰 정성을 쏟아야겠죠. 자효쌍친락(子孝雙親樂)이요. 가화만사성(家和萬事成)이라, 자식이 효도하면 두 어버이가 즐겁고, 집안이 화목하면 만사가 형통하리라는 말도 있으니 말입니다.

동안거 冬安居

엊그제 대보름날은 스님들의 동안거 해제(解除)일 이었습니다. 한자의 뜻으로 보면 겨울을 편안하게 지낸다는 말로 착각할 수 있지만, 실제로는 3개월 동안 외출도 삼가며 고행의 수련을 하는 기간입니다. 동안거와 하안거로 각 석 달씩 산문(山門)을 걸어 잠근 채, 1700여 개의 화두(話頭) 중 하나를 붙잡고 용맹정진을 하느라 밥도 하루 한 두 끼만 먹고, 잠도 두어 시간만 잔다는군요.

菩堤本務樹 明鏡亦非臺
보리에 본디 나무가 없고 밝은 거울 또한 틀이 아닐세
本來無一物 何處惹塵埃
본래 한 가지 물건도 없는데 어디에 때가 끼고 먼지가 낄 것인가

육조 혜능선사의 게송이라는데 저는 대보름날 호미를 들

고 나가 냉이를 캐다 국을 끓여먹었습니다. 코로나19라는 우한폐렴으로 그동안 빠지지 않던 평생교육프로그램도 전면 취소되고, 공공시설이나 경로당마저 휴관명령이 내려져 오갈 데가 없습니다. 그래서 냉이나 캤던 것인데 황새냉이, 좁쌀냉이, 싸리냉이 등 냉이의 종류도 30여 가지나 된다고 하네요. 해를 넘긴 김장 대신 상큼한 봄철 음식이 좋을 때입니다. 요즘의 제철 먹거리로는 꼬막, 더덕, 바지락, 삼치, 딸기 등이 좋다고 하네요. 그나저나 전염병을 피해 꼼짝없이 집에만 갇혀있다 보니 오히려 가고 싶은 곳도 많고, 먹고 싶은 것도 많이 생각납니다.

아카데미상

　국내외를 막론하고 비상식적인 일들이 꼬리를 물며 지구촌을 침울하게 하고 있습니다. 요즘 돌아가는 우리나라 사정도 그렇습니다. 부부가 모두 대학교수나 된다면서 이런저런 풍파를 일으켜 나라 전체를 어지럽게 하고 있습니다. 이처럼 불의가 정의를 짓누르고 가짜가 진짜를 넘어트리려는 비상식적이고 비이성적인 현실을 지켜보면서 많은 국민들이 분노하고 답답해하고 있습니다.

　이러한 때에 영화예술계에서는 세계적으로 최고의 권위를 자랑하는 아카데미상을 우리 한국영화가 수상했다는 낭보가 전해졌습니다. 그것도 아시아권에서는 처음이라고 하니 얼마나 자랑스럽고 반가운 일인지요. 100년이 넘는 한국영화사에서 가장 기적적인 일이고 감격적인 일이라고 너나없이 환호하는 〈기생충〉이라는 영화를 저는 아직 보지 못했습니다. 개봉당시부터 편향적이라는 우려도 있었고,

사회의 어두운 면을 시원하게 파헤쳤다는 평가도 있지만 한국 영화예술의 우수성 뿐 아니라 나라의 명예를 천하에 떨쳤으니 어찌 유쾌하지 않겠습니까. 이제는 문화의 힘이 세계를 지배하는 시대입니다. 문화예술의 발전을 위해 더 많은 관심과 애정을 보내는 계기가 되기를 기대합니다.

호미예찬

    우리 농촌에서 사용하는 농기구 가운데 가장 보잘 것 없지만 가장 다양한 기능을 가진 것이 호미입니다. 저도 요즘은 우한폐렴이 무서워 바깥출입도 삼가고 또한 농한기라 딱히 할 일도 없어 호미를 들고 집 앞에 나가 냉이나 캐며 소일하는 중입니다. 그런데 '호미자루 내던지듯'한다는 말대로 호미를 함부로 내던지고는 두리번거리며 찾는 경우가 종종 있습니다. 얼마 되지 않는 돈으로 구할 수 있는 값싼 물건이라 함부로 다루는 것이지요.

    그런데 이것이 우리 한국에서나 구경할 수 있는 귀한 물건인가 봅니다. 언젠가 텔레비전에서 본 풍경인데 미국인으로 보이는 백인여자가 우리나라 대장간에 들러 호미를 보고는 그 다양하고 편리한 기구를 단돈 만원에 살수 있다는 것에 놀라더군요. 그래서 대장간 주인이 부르는 값에 배를 더 얹어주고 들고 가는 모습을 본 기억이 있습니다. 그

백인여자 뿐 아니라 많은 서양인들이 우리나라의 호미에 반해서 인터넷쇼핑몰을 통해 3만원씩이나 주고 구입하는 경우가 많다고 합니다. 이것만 보아도 우리 선조들의 지혜와 솜씨가 얼마나 뛰어난가를 확인할 수 있지만, 호미의 매력을 확실히 느낄 수 있는 소설가 박완서의 '호미예찬'이라는 산문 일부를 더해봅니다.

'마당에서 흙 주무르기를 좋아하는 내가 애용하는 농기구는 호미다. 어떤 철물전에 들어갔다가 호미를 발견하고 반가워서 손에 쥐어보니 마치 안겨 오듯이 내 손아귀에 딱 들어맞았다. 철물전 자체가 귀한 세상에 도시의 철물전에서 그걸 발견했다는 게 마치 귀인을 만난 것처럼 반갑고 감동스러웠다. 고개를 살짝 비튼 것 같은 유려한 선과, 팔과 손아귀의 힘을 낭비 없이 날 끝으로 모으는 기능의 완벽한 조화는 단순소박하면서도 여성적이고 미적이다. 호미질을 할 때마다 어쩌면 이렇게 잘 만들었을까 하는 감탄을 새롭게 하곤 한다. (중략) 원예가 발달한 나라에서 건너온 온갖 편리한 원예기구 중에 호미 비슷한 것도 본 적이 없는 걸 보면 호미는 순전히 우리의 발명품인 것 같다. 또한 고려 때 가사인 사모곡에까지 나오는 걸 보면 그 역사 또한 유구하다 하겠다.'

여기까지의 내용만 보아도 까마득한 옛날부터 우리 농민들의 삶을 가장 착실하게 거들어준 것이 호미입니다. 저의 어머니 때만 해도 농촌의 부녀자들이 들에 나갈라치면 종다래끼 안에 반드시 호미를 챙겼습니다. 밭고랑이든 논두렁이든 눈에 띄는 잡초란 잡초는 사정없이 캐냈고, 손바닥만 한 빈터가 있으면 여지없이 호미로 헤집어 무슨 씨앗이든 꽂아야 직성이 풀렸거든요. 그처럼 부지런하고 억척스러운 농부들에게 없어서는 안 될 가장 친하고 요긴한 도구가 호미입니다.

명당

  도덕경(道德經)에 이르기를 "사람은 땅을 본받는다."라는 말이 있습니다. 땅 기운이 순하면 그 땅에 얹혀사는 사람도 순하고, 땅이 기름지면 사람의 마음도 후덕해진다고 합니다. 그래서 우리 선조들은 양택(陽宅)이든 음택(陰宅)이든 땅기운이 좋은 명당자리를 찾느라 애를 많이 썼지만 사람들의 끝없는 욕구를 충족시켜줄만한 터를 찾기가 쉽지 않은 모양입니다. 요즘 들어 귀농이나 귀촌하는 이들이 많아지면서 제가 살고 있는 강화지역에도 여기저기 새집들이 늘어나고 있습니다. 하지만 시대가 바뀌면서 풍수지리는 고사하고 절벽 밑에도 집을 짓고 구렁텅이에도 집을 짓는데 편안해 보이지가 않더군요. 이처럼 각박한 세상을 살아내느라 좋은 집터를 고를 여유도 없겠지요. 이럴 때에는 건강한 몸으로 부지런히 움직이면서 남에게 폐를 끼치지 않는 삶터가 명당 아니겠어요?

춘설이 난분분하니

겨울 스포츠의 꽃이라는 스키의 강국 노르웨이는 눈이 많이 내리는 자연조건에 힘입어 스키가 발달했다고 합니다. 그러나 전 세계적으로 온난화현상이 심해지면서 그 나라에도 적설량이 턱없이 줄어든 모양입니다.

자연적으로 내리는 눈 대신 인공으로 살포하는 실내스키장이 대세라고 합니다. 선진국이라는 나라마다 자국의 이익만을 생각하고 자연환경을 마구 파괴하는 개발여파로하여 지구촌 구석구석에 까지 피해가 막심합니다.

이사람 역시 올해는 겨우내 눈 구경을 못하다가 우수를 코앞에 둔 오늘에서야 춘설이 조금 쌓였습니다. 그마저 얼마나 반갑던지 시나브로 흩날리는 눈발을 지켜보다가 조선시대 매화(梅花)라는 평양기생이 동료기생인 춘설(春雪)이에게 사랑하는 임을 빼앗기고 통한의 눈물을 흘리면서 읊었다는 시 한 수가 문득 떠오릅니다.

매화 마른 등걸에 봄철이 찾아오니

옛 피던 가지에 피엄즉도 하다마는

춘설이 난분분하니 필똥말똥하여라.

춘설춘경 春雪春景

    어제에 이어 오늘도 눈발이 날렸습니다. 산발적이긴 하지만 이틀을 내리니 발자국이 찍힐 정도는 쌓여서 제법 운치 있는 설경을 만들어내고 있습니다. 하지만 우한폐렴의 여파는 도시나 농촌 구별 없이 엄하고 중해서 영농교육 같은 소모임도 하지 못하고, 성당의 미사마저 자제해야하는 답답한 시국이라 외출은커녕 이웃을 만나기도 어렵게 되었습니다.

    하여 아내와 둘이 눈길이나 걸어보자고 나섰는데 마치 우리 내외가 눈 내리는 봄날의 풍경이 된 것처럼 감회가 남달랐습니다. 그러한 분위기에 겨워 한 수 읊었지만 역시 졸작에 머물고 말았습니다.

    눈보라 치는 산마루엔

    기러기가 떼 지어 날고

눈 쌓인 숲속에선

칡부엉이 울어대네

마음은 소년 되어

눈밭을 뒹구는데

세상사 근심걱정이

저만큼 앞장서네.

춘래불사춘 春來不似春

 세월은, 아니 봄은 참으로 부지런하게도 우리 곁에 와 있습니다. 늦은 눈이 내리기는 했지만 봄은 이미 우리 마음과 피부에 닿아 있었습니다. 들에서는 흙냄새가 시작했고, 도랑에선 물소리가 시작했고, 허공에는 따듯한 햇볕이 시작했고, 냉이마저 입맛을 돌게 해주니 봄은 봄입니다. 그런 봄기운을 시샘하듯 늦게나마 내린 순백의 눈송이도 맥을 추지 못하고 금방 녹아버렸습니다.

 이맘때면 어디서나 화사한 꽃 잔치가 열릴 테지만 이젠 꽃에 대한 엷은 감흥은 있어도 젊을 때처럼 가슴이 울렁거리지는 않네요. 남녘에서 제일먼저 시작되는 매화축제도 우한폐렴으로 취소되었다고 합니다. 인위적으로 통제를 못하는 역병이 크게 번지지 말아야 하겠는데, 아마도 금년 봄은 마중하는 이 없이 저 홀로 쓸쓸히 왔다가야 할 것 같습니다.

패닉panic 상태

'늘그막에 황폐한 고을을 지나다보니 / 굴뚝의 연기는 두서너
집뿐이네 / 백성들은 흩어지고 마을은 없어지고….'

최인호의 장편소설 〈길 없는 길〉에 나오는 경허(鏡虛)선
사의 시입니다. 지금으로부터 140여 년 전, 당대 최고의 강
백(講伯)으로 우러름을 받던 스님이 계룡산 동학사 강원
(講院)에 머물 때 일이라고 합니다. 여러 제자들에게 불법
을 강의하던 스님이 은사님을 뵈러 경기도 청계사를 찾아
가다 천안지방을 지나게 되었는데 호열자라고 부르던 콜
레라가 크게 돌아 길거리마다 죽은 시체가 즐비했습니다.
마을은 폐허가 되다시피 했고 살아남은 사람들은 공포에
질려 아비규환이었던 것이지요. 그 참담한 모습을 목격한
스님은 인생의 무상함을 뼈저리게 느낀 나머지 은사 뵙기
를 포기하고 발길을 돌려 동학사로 되돌아와 문을 걸어 잠

근 채 치열한 묵언수행에 들었다고 합니다.

지금의 우리 사회도 우한폐렴이라는 전염병의 나락에 빠져 너나없이 공포에 떠는 패닉상태가 지속되고 있습니다. 사람이 살아가는 세상에서 사람만나기를 두려워하고, 혹여 사람을 만난다 해도 전염원인 침방울이 튈까봐 말하기를 꺼려야하는 비정상의 삶을 살아가고 있는 것입니다. 우리도 경허스님처럼 문을 굳게 닫아걸고 묵언수행에 들어가야 할 것 같습니다.

삼식三食이의 애환

  답답한 몸과 마음이 바깥으로 나가자고 졸라대는 통에 어제 오후에는 단군께서 세 아들을 시켜 축성했다는 삼랑성(三郞城)을 한 바퀴 돌았습니다. 요즘은 저뿐이 아니라 거의 모든 분들이 무기력하고 잔뜩 움츠러들었을 겁니다.

  그나저나 코로나바이러스에 갇혀 집에서만 지내다보니 기다려지는 게 끼니때더군요. 식당에 가서 외식을 하기도 겁나는 터라 삼시세끼를 꼬박꼬박 집에서 차려먹는 '삼식이' 신세가 되어버렸습니다. 삼식이란 직장을 은퇴한 남정네들이 집구석에만 들어앉아 눈치코치 보지 않고 삼시세끼를 정석처럼 챙겨먹는 친구들을 일컫는 말입니다. 돈도 벌어오지 못하면서 밥은 꼬박꼬박 챙기느라 아내를 고달프게 하는 것이 얄밉다고 그런 비속어를 쓴다는 거예요. 저도 직장을 그만 둔지 10년 가까이 되는 은퇴자 입장이고 보니 입맛이 씁쓸합니다.

어찌되었든 아침밥을 얻어먹고 마당으로 나섰더니 눈 속에서 피는 복수초가 이제야 꽃망울을 터뜨렸습니다. 어느덧 정월명절도 지나고 우수도 지나고 농촌에서는 바쁜 철이 되었습니다. 논밭에 객토도 해야 하고 퇴비도 내야 하니까요. 지금은 사라진 풍습이지만 옛날에는 본격적인 농사철을 앞둔 이 시기를 머슴명절이라 하여 머슴들에게 좋은 음식을 대접하며 기운을 돋우어주었다고 합니다. 농사일을 잘 하라는 격려차원이겠지만 농사가 아니라도 삼시세끼 꼬박꼬박 챙겨먹는 삼식이가 되어 우한폐렴을 꼭 이겨내세요.

시련과 통회痛悔

– covid19에 붙여

걸어온 길, 살아갈 길
살펴본 적 있습니까?

삶은 우리에게
수많은 모습을 보여주고
수많은 기회를 주는데도
우리는 늘
거역하면서 살아오지 않았는지요.

지금의 시련은
오만해진 나를 내려놓고
본연의 나로 돌아가라는
시그널이 아닐는지요.

우주 만물은 엄정합니다
자비는 있되 용서는 없습니다.
모두가 한마음으로 통회하며
용서를 빌어야 할 때입니다.

꽃소식

코로나바이러스라는 전염병으로 온 나라가 난리를 겪는 중에도 남녘의 친구가 벚꽃이 피었다는 꽃소식을 보내왔습니다. 하지만 꽃 마중을 가고 싶어도 갈수 없는 사회환경이니 어쩝니까. 울적한 마음이나 달래자고 옛 청나라 대의 시인 옹조(翁照)의 '매화오좌월(梅花塢坐月)'이라고 '밝은 달밤에 매화 핀 언덕에 앉아서'라는 제목의 시 한 수 적어봅니다.

靜坐月明中(정좌월명중) 밝은 달 아래 고요히 앉아
孤吟破淸冷(고음파청냉) 홀로 시를 읊으니 맑은 물결에 냉기
가 도는데
隔溪老鶴來(격계노학래) 개울건너 늙은 학이 날아와
踏碎梅花影(답쇄매화영) 매화꽃 그림자를 밟아 부수네.

마스크의 역사

　제 1차 세계대전 이후 식민지배에 있던 여러 나라에서 침략자에 대한 저항내지 독립운동이 시작된 해가 1919년입니다. 그중 대표적인 것이 우리나라에서 발발한 3.1만세운동으로 당시 식민지 백성이 궐기한 독립운동으로서는 최초이자 최대 규모였습니다. 그 뒤를 이어 1919년 5월 4일에 시작된 중국의 5.4운동이 일어났고, 역시 1919년에 발발한 인도의 '사타그라하'운동을 들 수 있습니다.

　그리고 바로 직전인 1918년 말부터 스페인에서 독감이 유행하기 시작하여 엄청난 희생자가 발생했는데 전쟁으로 사망한 숫자보다 훨씬 많았다고 합니다. 그러나 그 발병원인이나 전염원인을 찾지 못하다가 해를 넘긴 1919년에야 재채기에 의한 침방울로 전파가 된다는 것을 알게 되었습니다. 스페인 정부에서는 부랴부랴 비말감염 방지용 입마개를 만들어 배포했던 것이 마스크의 모태였던 것이지요.

그리고 스페인 국민 모두가 마스크를 사용한 뒤에야 독감이 잦아들었다고 합니다. 공교롭게도 그로부터 꼭 100년이 되는 2019년에 우한폐렴이 발생하여 세계의 모든 인류가 마스크에 의존하고 있으니 이래저래 1919년은 세계사적으로도 매우 공교로운 해입니다.

그러한 사정으로 이미 100년 전부터 만들기 시작한 마스크를 이 위급지경에도 구할 수가 없어 나라전체가 혼란을 넘어 대란을 겪고 있습니다. 저도 어제 마스크를 구하기 위해 우체국에도 가보고 약국에도 가보고 대형마트에도 가보았지만 말짱 허사였습니다. 사회적 거리두기를 하라고 해서 사람과의 거리도 멀어졌지만 제가 살고 있는 시골은 마스크와의 거리도 까마득합니다. 마스크 지정판매소인 우체국이나 대형마트 또는 약국을 가기가 몇 십리나 되는 곳도 있으니까요.

더욱이 시골은 기동력도 없고 정보력도 없는 노약자가 대다수 아닙니까. 정부에서 조금만 생각해도 이장이나 반장 같은 마을단위 조직을 이용해서 전달할 수도 있을 텐데, 시골 사는 노인들의 고충을 모른 척 하고 있으니 서운한 것이지요. 그래도 세월은 흘러 꽃피는 춘삼월이 돌아왔습니다. 꽃잎 같은 희망을 갖고 우한폐렴인지 코로나19인지 하는 못된 놈을 이겨냅시다.

산수유 그늘에 앉아

    소리에도 가락이 있다더니 그 말이 맞네요. 산수유가 꽃 망울을 터뜨리기 시작해서 가까이 다가가 보았더니 휘모리장단 같기도 하고, 팝콘 터지는 소리 같기도 한 가락이 들려오는 것 같더군요. 산수유는 매화와 더불어 봄을 알리는 전령으로 많은 사랑을 받고 있는 꽃입니다. 요즘은 핵가족화가 되어 한 둘만 사는 가정이 많습니다. 음식도 인스턴트 위주이고, 집에서 만든다 해도 조리과정이 단순해서 예전 맛을 느끼기가 어렵습니다. 꽃도 한두 송이보다는 군락을 이뤄야 볼만하듯 음식도 푸짐하게 만들어야 맛이 더하다고 하면 과욕일까요?

    길흉화복 오고 감에 모두 까닭 있으니

    깊이 살펴 알되 걱정은 하지 마시게

    가느다란 불빛이 고대광실 태우는 것은 보았으나

거센 풍랑이 빈 배를 가라앉혔다는 말은 듣질 못했네

명예는 모든 것 많이 가지려 하지 말고

이익은 몸의 재앙이니 적당히 탐하시게

뒤웅박과 같아서 아니 먹을 수 없지만

대충 배부르면 먹기를 미리 그치시게.

  중당(中唐)시대의 대표적 시인이었던 백거이(白居易)가 벼슬살이를 하러 임지로 떠나는 벗과 헤어지며 써주었다는 '감흥(感興)'이라는 시편입니다. 큰 욕심 부리지 말고 적당히 살아야 평안하다는 충고였던 것이지요. 여기에서 곱씹어야 할 대목은 '아무리 거센 풍랑이라 할지라도 빈 배는 가라앉히지 못한다.'는 부분일 것 같습니다. 재물이나 권력 또는 명예를 탐하지 말고 분수대로 살아간다면 무슨 화를 당하겠습니까. 저도 그런 것은 일찌감치 포기했고 이제부터는 아내가 해주는 대로 대충 받아먹어야 평안할 것 같습니다.

피로감疲勞感

아무리 강한 특수강철이라 해도 오래 사용하면 금속피로라고 해서 순간적으로 파손되는 일이 생깁니다. 비행기의 날개나 탱크 같은 강력한 무기도 부러지거나 휘어질 위험이 상존한다고 하네요. 사람도 그렇고 정치도 그렇고 하던 일만 줄곧 되풀이하면 피로와 권태를 느끼게 됩니다. 말로는 혁신을 외치면서 구태만 답습하고 있는 정치권으로 하여 국민이 받는 피로감은 엄청나게 큽니다.

중국 우한에서 급속하게 퍼지기 시작한 폐렴사태만 해도 그렇습니다. 근원지인 우한에서는 병상이 부족하게 되자 불과 열흘 만에 2,500병상을 만들었다고 합니다. 그러나 우리는 지금 병상도 부족하고, 의료인도 부족하고, 의료용품이나 지원시설도 턱없이 부족한 현실입니다. 방역시스템도 부실하다는 것이고, 하다못해 생산가가 300원에 불과한 마스크조차 확보하지 못해 쩔쩔매는 꼴을 지켜보는 국민들의 마음이 얼마나 불안하고 무겁겠습니까.

집권한 지 3년차 정부에게 피로감을 운운하기에는 시기 상조라는 느낌이 들지만 여느 정부처럼 우왕좌왕하는 것을 보면 3년이 되도록 혁신을 하지 못한 것 같습니다. 국민들 모두가 지쳐가고 있습니다. 희망을 주세요. 기다리면 머지않아 좋은 결과를 볼 수 있다는 희망이라도 갖게 해줘야 할 것 아닙니까.

갓밝이

민주화를 열망하던 시절에 야당지도자였던 정치인이 "닭의 모가지를 비틀어도 새벽은 온다."라고 부르짖어서 크게 회자(膾炙)된 일이 있습니다. 당시 군부독재정권이 국민과 야당을 무자비하게 탄압해도 언젠가는 반드시 민주주의를 실현시키고 말겠다는 의지를 그렇게 천명함으로써 억눌렸던 국민들의 가슴을 시원하게 뚫어주었던 것입니다. 그리고 닭의 모가지를 비틀어도 찾아온다는 새벽이 순수한 우리말로는 '갓밝이'라고 해서 날이 곧 밝을 무렵을 뜻한다고 해요.

온 나라가 우한폐렴으로 공포에 떨고 있는 작금의 현실도 참으로 암울합니다. 그러나 모든 국민과 모든 의료인들이 자발적으로 헌신하고 봉사하며 힘을 모으고 있기에 머지않아 평온을 되찾으리라 믿고 있습니다. 지금은 힘들고 불안하고 어둡고 지루한 나날을 보내고 있지만 우리는 꼭 이겨낼 것입니다. 서로 격려하고 응원하며 이겨내야지요. 그렇게만 하면 우리에게도 반드시 새벽은 옵니다. 모든 미물도 기지개를 켠다는 경칩이 오늘이지 않습니까.

　　草木已萌動(초목이맹동) 초목은 이미 움을 틔워

　　節序驚蟄後(절서경칩후) 절기는 경칩을 지났네

　　農家修稼事(농가수가사) 농가 마다 농사일 준비에

　　少壯在田畝(소장재전무) 온 식구가 들에 나가 밭일을 하네.

허목(許穆)의 '경칩후(驚蟄後)'를 번역해 보았습니다.

이 땅에 되살아난 히포크라테스 정신

    우한폐렴이 창궐하는 지역으로 달려가 자신의 목숨을 내놓고 치료와 방역에 헌신하고 계신 의료인들의 고마움을 생각하다가 그분들이 의료인으로 첫발을 내디딜 때 하는 '히포크라테스선서'와 '나이팅게일선서문'을 되새겨봅니다.

    – 히포크라테스 선서

이제 의업에 종사하는 일원으로서 인정받는 이 순간, 나의 생애를 인류 봉사에 바칠 것을 엄숙히 서약하노라.

＊나의 은사에 대하여 존경과 감사를 드리겠노라.

＊나의 양심과 위엄으로서 의술을 베풀겠노라.

＊나는 환자의 건강과 생명을 첫째로 생각하겠노라.

＊나는 환자가 알려준 모든 내정의 비밀은 지키겠노라.

＊나의 위업의 고귀한 전통과 명예를 유지하겠노라.

＊나는 인종, 종교, 국경, 정당정파 또는 사회적 지위 여하를

초월하여 오직 환자에 대한 나의 의무를 지키겠노라.

＊나는 인간의 생명을 수태된 때로부터 지상의 것으로 존중히
여기겠노라.

＊비록 위협을 당할지라도 나의 지식을 인도에 어긋나게 쓰지
않겠노라.

＊이상의 서약을 나의 자유의사로 명예를 받들어 하노라.

이 히포크라테스 선서문은 세계인들로부터 의학의 아버
지라 우러름을 받는 히포크라테스 가문의 아스클레피오스
학파에서 의학을 배운 사람들에게 의사로서의 품위와 명
예와 윤리를 지키도록 맹서를 하게 한데서 유래되었다고
합니다. 그 후 여러 차례 수정을 거쳐 1968년에 지금과 같
은 최종 문안이 완성 된 것입니다.

– **나이팅게일 선서문**

＊나는 일생을 의롭게 살며 전문 간호직에 최선을 다 할 것을
하느님과 여러분 앞에 선서합니다.

＊나는 인간의 생명에 해로운 일은 어떤 상황에서도 하지 않겠
습니다.

＊나는 간호의 수준을 높이기 위하여 전력을 다 하겠으며, 간호
하면서 알게 된 개인이나 가족의 사정은 비밀로 하겠습니다.

＊ 나는 성심으로 보건의료인과 협조하겠으며 나의 간호를 받
는 사람들의 안녕을 위하여 헌신하겠습니다.

이 나이팅게일 선서문은 1893년 미국의 간호학교 졸업식
에서 처음으로 다짐하게 하였는데, 2년의 기초 이론수업이
끝나고 임상실습에 들어가기 전에 선서를 한답니다. 이번
대구의 우한폐렴 현장뿐 아니라 언제 어디서든 환자를
위하여 분골쇄신하는 의사와 간호사님들의 노고는 표현
할 수 없을 만큼 고마운 일입니다. 의사와 간호사들이 애
초에 맹서한대로 어떠한 희생과 봉사도 두려워하지 않았
기에 우리 사회가 건강하고 따듯해질 수 있는 것입니다.
이번 대구에서 보여준 의료진의 살신성인정신은 정말 위
대했습니다. 감사합니다. 그리고 늘 건강하고 행복하기를
기도합니다.

시골냄새

농가월령가 이월 령에 이런 구절이 있습니다.

이월은 중춘(仲春)이라 경칩춘분 절기로다
초엿새 좀생이는 풍흉을 안다하며
스므날 음청(陰靑)으로 대강은 짐작나니
반갑다 봄바람이 의구이 문을 여니
말랐던 풀뿌리는 속잎이 맹동(萌動)한다

이 내용처럼 봄볕이 완연하자 온갖 초목이 싹을 밀어 올리거나 새순을 움틔우고 있습니다. 농촌에서는 감자를 심고, 마늘과 양파 밭엔 웃거름을 주고, 빈 땅에는 밑거름을 내다보니 어디를 가나 거름냄새가 진동합니다.

엊그제 서울에 사는 손자가 와서 손을 잡고 들판에 나갔더니 "할아버지, 똥냄새 난다. 이래서 시골이 싫다."며 코를

막기에 실소를 했습니다. 시골생활을 이해하고 시골냄새
에 맛을 들이기에는 녀석이 너무 어려요. 금년에도 하늘의
도우심과 농부들의 정성으로 풍작을 이루기를 바랍니다.

의자

저는 시골에서 태어나 조그만 교회에 다녔는데 의자도 없었던지 초등학교에 입학해서야 처음으로 의자에 앉아본 기억이 납니다. 나일강 유역에서 일어나 인류문명발전에 크게 영향을 끼친 고대 이집트 왕조가 권위를 드높일 목적으로 만든 것이 의자라고 합니다. 신하나 백성들 위에 군림하고 싶은 통치자의 과시욕이 만들어낸 작품이지요. 그러니 5000여 년의 오랜 역사를 지녔는데 동서양을 막론하고 현대인들에게는 없어서는 안 될 필수품이 되었습니다. 특히 노령인구가 많고 관절이나 허리통증으로 고생하는 분들이 대부분인 농촌지역에서는 가정이든 식당이든 어디를 가나 의자가 없으면 견디기가 힘듭니다.

무슨 사정이 생겨서 얼마 전 살림살이를 몽땅 서울 집으로 옮겼더니 임시로 머물고 있는 거처에는 의자도 없어요. 별수 없이 엉덩이를 바닥에 붙이고 버티는 중입니다만, 벌써부터 온 몸이 뒤틀리고 쑤시는 게 몸을 가누기도 힘든 지경입니다. 하지만 실은 지금의 뒤틀린 육신일망정 내 자식들에게는 부모라는 이름처럼 편히 쉴 수 있는 의자가 없을 겁니다. 그리고 언젠가는 그 의자를 제 아들과 손자에게 내어줄 때가 오겠지요.

지금 어디메쯤
아침을 몰고 오는 분이 계시옵니다.
그분을 위하여
묵은 이 의자를 비워 드리지요.

지금 어디메쯤
아침을 몰고 오는 어린 분이 계시옵니다.
그분을 위하여
묵은 의자를 비워 드리겠어요.

먼 옛날 어느 분이
내게 물려주듯이

지금 어디메쯤
아침을 몰고 오는 어린 분이 계시옵니다.

그분을 위하여

　묵은 의자를 비워 드리겠습니다.

　조병화 시인의 '의자'라는 시입니다만 옮기노라니 어린 손
자의 해맑은 얼굴이 아른거리네요.

일상에 감사해야

평상시에는 공기나 물의 소중함을 깊이 느끼지 못하듯, 평범한 일상이 얼마나 고맙고 다행인지 모르고 지냈습니다. 그러다가 코로나바이러스가 창궐하면서 평범하던 일상이 뿌리째 흔들리고 있습니다. 우리나라에 천주교가 처음 전래된 것이 1595년입니다. 명나라에서 『천주실의(天主實義)』와 『칠극(七克)』 같은 천주교관련서적이 극소수의 조선 선비들에게 전해졌고, 서학(西學)이라는 이름으로 이 서적을 탐독하는 이들이 늘어났습니다.

그로부터 약 190여 년이라는 오랜 세월이 지난 1784년, 조선인으로서는 처음으로 조선의 선비 이승훈이 중국으로 건너가 베드로라는 세례명을 받고 돌아와 이벽. 정약종 형제에게 세례를 준 뒤 정기적인 종교모임을 갖게 되었는데 이것이 우리나라 최초의 천주교 전례(典禮)였던 것입니다. 그렇게 시작된 미사는 조선말엽 수만 명의 신자가 목숨을 잃은 천주교 4대 박해동안에도 중단되지 않고 오늘까지 이어졌습니다. 이처럼 수많은 희생을 치러가면서도 지켜졌던 미사가 이번 우한폐렴의 창궐로 중단되고 말았습니다. 이 땅에 천주교가 들어온 지 236년 만에 맞은 초유의 사건이지요.

아주 당연하게 여기던 미사가 중단되어 성당엘 못 가게 되니 여간 견디기 어려운 게 아닙니다. 평상시에 진중하지 못했던 기도자세가 후회스럽고, 옆 사람과 나누던 평화의 인사가 이렇게 간절할 줄은 미처 몰랐습니다. 평범한 일상에 늘 감사하고 고마워해야 함을 온 몸으로 느끼는 기간입니다. 이 땅에 살고 계신 모든 분들의 평화를 빕니다.

책속에 길이 있다

　유럽인들의 속담에 '책속에 길이 있다'는 말이 있습니다. 지금은 컴퓨터나 휴대폰을 통해서도 얼마든지 고급지식과 정보를 얻을 수 있지만, 그런 것도 없고 학교도 없던 시절에는 오로지 책을 통해서나 성현들을 만날 수 있었고, 지식을 얻을 수 있었습니다. 그래서 옛날에는 책을 열심히 읽어야 출세를 하든지 성공을 하든지 목표를 이룰 수 있었기에 출세를 바라는 사람은 모두 독서광이 되었는데 그 대표적인 케이스가 마오쩌뚱(毛澤東)일 겁니다.

　그는 전쟁을 할 때에도 책을 들고 있었고, 잠자는 동안에도 손에서 책을 놓지 않았다고 합니다. 책 사랑이 오죽했으면 죽음이 임박하여 의사의 응급처치를 받는 상황에서도 『용재수필』이라는 책을 읽다가 눈을 감았다는 일화는 유명합니다. 또한 그의 독특한 독서법도 널리 회자되고 있는데, 그 스스로 '삼복사온(三復四溫)'이라 명명한 방식이 있습니다. 무슨 책이든 반드시 세 번 이상을 반복해서 읽고, 다시 네 번 이상을 되풀이해서 뒤적이며 그 속에서 배울 점을 체크하는 방법을 이르는 말이랍니다. 그도 모자라서 '붓을 들지 않고는 책을 읽지 않는다(不動筆墨不讀書)'는 원칙을 지켰다고 합니다. 책을 한번 읽을 때마다 동그라미 하나씩을 그려 넣거나 중요한 부분을 따로 적어놓기 위함이었는데, 박물관에 남겨진 그의 수많은 책마다 이러한 표시가 어지럽다고 하니 얼마나 지독하고 정성스럽게 책을 읽었는지 알 수 있습니다.

마오쩌둥은 많이 배우지도 못했습니다. 가난한 농부의 아들로 태어나 중학교를 근근이 졸업한 것이 전부이지만 책을 통해 얻은 지식과 지혜를 바탕으로 거대한 중국을 세우고 14억이나 되는 엄청난 인민을 일사분란하게 통솔할 수 있었던 것입니다.

저도 한 달에 한 권 정도로 많은 책을 읽지는 못하지만 1년에 한 권의 책도 읽지 않는 국민이 40% 정도나 된다고 합니다. 특히 젊은 층이나 어린 학생들 가운데 휴대폰이나 게임기에 몰두하느라 책은 쳐다보지도 않는 경우가 허다하다는 겁니다. 이러다가는 길을 잃은 사람들로 붐비는 나라가 되지 않을까 걱정이 많습니다.

사회적 거리두기

구전으로 전해지는 민요가운데 '대천지 한 바닥에 뿌리 없는 남이 나서/가지는 열두나 가지 잎은 피어서 삼백여 섯/가지같이도 많은 정이 뿌리같이도 깊어주소'라는 노래가 있습니다. 우리네처럼 정에 약하고, 정을 중히 여기는 민족은 없을 겁니다. 혈연, 지연, 학연 같은 말들도 모두 정이라는 것과 연관된 단어가 아니겠어요? 또한 농경사회의 기반인 '두레'라는 것도 이웃 간의 정이 없다면 불가능한 아름다운 생활문화입니다.

이젠 농업도 핵가족화되고, 기계화되고, 대형화되어 이웃끼리 힘을 모아 도와주는 두레문화가 거의 사라지다시피 했습니다. '가지같이도 많은 정이 뿌리같이도 깊어주소.'라는 노래를 부르며 돈독하게 정을 나누던 이웃들이 우한폐렴이 만들어낸 '사회적 거리두기'라는 신조어 밀려나고 있습니다. 정을 나누기는커녕 서로 가까이 할 수도 없는 지경에 이르고 만 것입니다. 하루속히 일상이 회복되어 초등학교 입학을 기다리는 제 손자의 조바심이 사라졌으면 좋겠습니다.

꽃샘바람

꽃 필 때는 미친바람도 많으니 사람들은 꽃샘바람이라 하네

조물주가 많은 꽃을 피울 때

마치 한없는 비단을 가위질 해 놓은 듯

이미 그토록 공력을 바쳤으니

꽃 아끼는 마음 응당 적지 않으련만

어찌 그 고운 것을 시기하여 도리어 미친바람을 보내겠는가

바람이 만약 하늘의 뜻을 어긴다면

하늘이 어찌 죄주지 않으랴

이런 법이야 반드시 없을 것이니

나는 사람들 말이 잘못이라 한다네

바람의 소임은 만물을 춤추게 하고,

만물에 은택을 주니 사사로움 없으리

만약 꽃을 아껴 바람이 불지 않는다면

그 꽃 영원히 생장할 수 있으랴

꽃 피는 것도 좋지만 꽃이 진다고 슬퍼할게 무에랴

피고 지는 것도 자연의 이치인데

열매를 맺으면 또 꽃을 낳는 것이라

오묘한 이치 묻지 말고 술잔 들고 소리 높여 노래나 부르세.

제가 살고 있는 언저리에 묻혀계신 백운거사(白雲居士) 이규보(李奎報) 선생의 '꽃샘바람(投花風)'이라는 작품입니다. 꽃샘추위라는 말은 자주 들었지만 꽃샘바람이란 말은 낯선 단어인데 이규보 선생은 '잎샘바람'이란 말도 만들었더군요. 나뭇잎을 흔드는 바람을 이처럼 멋지게 표현할 수 있음을 우리 젊은이들이 배운다면 요즘 유행하는 국적 불명의 신조어나 은어 따위는 사라지겠지요.

이규보 선생이 생전에 남겨놓은 각양각색의 글 가운데서 시편(詩篇)만 추려내도 무려 8천여 수라는데 요즘의 시집처럼 묶는다면 무려 100권 분량이 넘습니다. 세계문학사를 통틀어도 이만한 실력이 없기에 이백이다 두보다 소동파다 백거이다 하는 세기적 문장가를 배출한 중국인들조차 '동방의 시성(詩聖)'이라고 극찬했을 만큼 자랑스러운 분을 옆에 모시고 산다는 건 큰 행운입니다.

소소한 행복

옛날이야기입니다만 금강산 어떤 도인이 추사 김정희에게 '남들은 나를 청복자(淸福者)라 하지만, 나는 이 풍로간(風露間)에서 괴로움과 슬픔을 이기지 못합니다.'라고 편지를 보내자, 추사가 다음과 같은 답신을 보냈다고 합니다.

'어떤 사람이 범을 만나서 등에 올라탔더니 범이 놀라서 사람을 태운 채 어느 마을 앞을 달려가게 되었습니다. 그것을 본 아이들이 손뼉을 치며 "범을 타고 가는 신선을 보았다"며 신기해했지요. 그러자 범의 잔등에 매달린 사람이 "신선은 신선이로되 죽을 지경"이라고 고함을 쳤답니다.'

여기에서 청복자란 무엇에도 욕심내지 않고 평범하게 살아갈 수 있는 것이 가장 큰 복인데 그렇게 살아가는 사람을 이르는 말입니다. 욕심을 버리고 분수대로 마음 편히 사는 사람이 가장 행복하다는 얘기겠지요. 그래서 유재건(劉在建)의 『이향견문록(里鄕見聞錄)』에도 '평범하게 살아가는 행복은 세상사람 모두가 원하지만, 하늘이 몹시 아끼는 것이다.'라는 서두와 함께 어떤 사람이 옥황상제에게 "부자도 싫고, 권세도 싫고, 평범하게 살아가게 해주십시오."라고 소원을 말하자, 옥황상제가 대답하기를 "부귀영화보다 더 얻기 어려운 것이 평범하게 살아가는 것인데, 그런 행복을 내가 갖지 왜 너를 주겠느냐?"라고 했다는 우스갯소리도 덧붙이고 있는 것입니다.

온유한 마음으로 이웃과 정을 나누며 평범하게 살아가는 청복자가 되시기를 축복합니다.

문학과의식
2021 산문선

손자와 첫날밤을

발행일　2021년 6월 11일

지은이　구자권
펴낸이　안혜숙
디자인　임정호

펴낸곳　문학의식사
등록　1992년 8월 8일
등록번호　785-03-01116
주소　우편번호 23028 인천시 강화군 강화읍 시미리로 313번길 34 삼원 아트빌 402호
　　　　우편번호 04555 서울 중구 수표로6길 25(충무로3가 25-12) 501호(서울 사무소)
전화　032. 933. 3696
　　　　02. 582. 3696
이메일　hwaseo582@hanmail.net

값 12,000 원
ISBN 979-11-90121-26-2